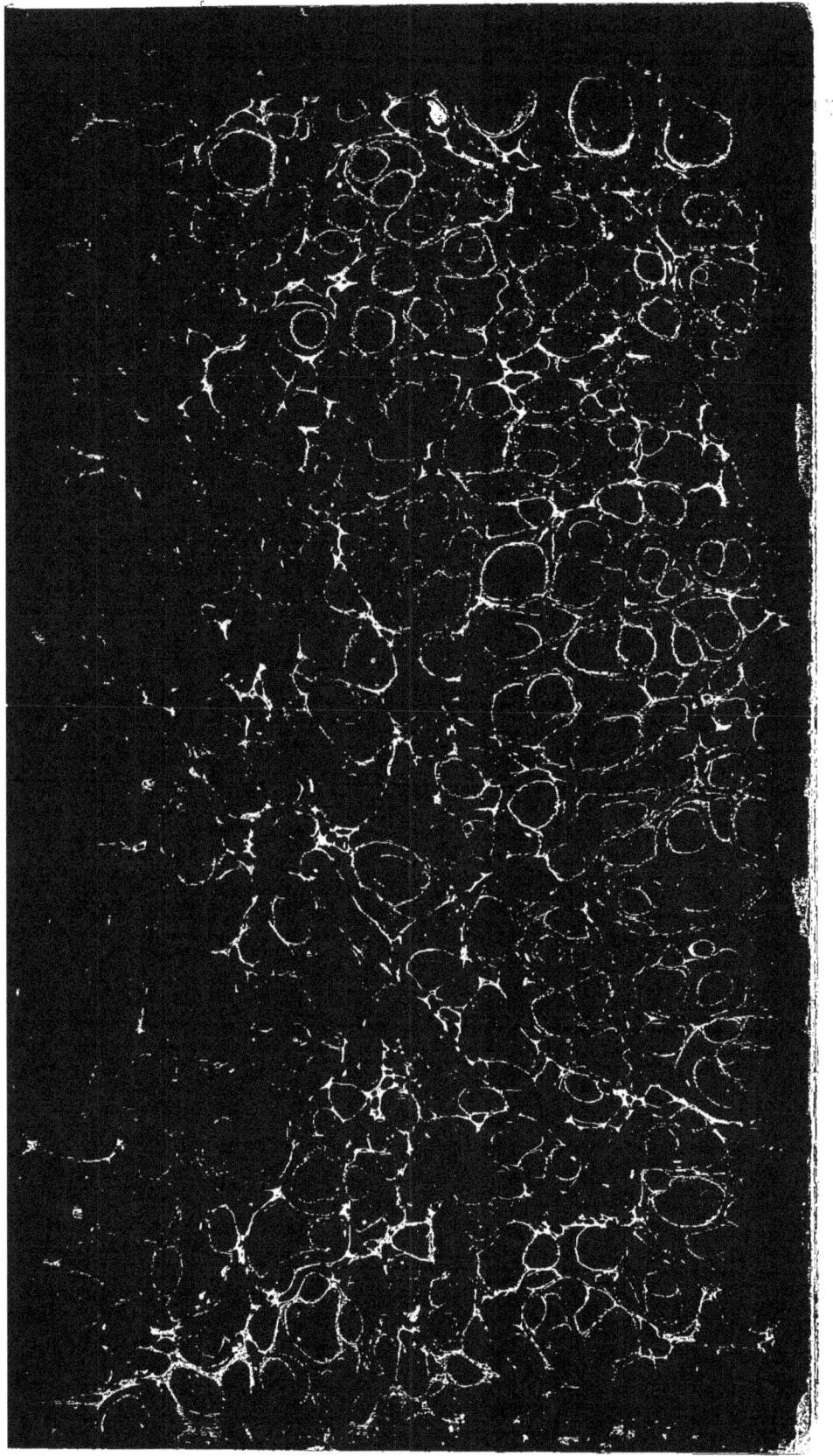

LÉO BURCKART.

OUVRAGES DU MÊME AUTEUR :

FAUST , traduit de l'allemand de Goëthe, en prose et en vers. Deuxième édition. — Chez Dondey-Dupré.

CHŒURS ET CHANTS DE FAUST, mis en musique par Berlioz. 1 vol. in-4ᵃ, Paris , 1829. — Chez Maurice Schlesinger.

ÉTUDES SUR LES POETES ALLEMANDS. — KLOPSTOCK , GOETHE , SCHILLER et BURGER. — Paris , 1830. — Chez Méquignon-Havard.

LÉNORE , poëme de Burger, traduit en vers, mis en musique (à quatre parties avec récitatif et chœurs) par H. Monpou. — Chez Meissonnier.

———

Le drame de LÉO BURCKART a été représenté au théâtre de la Porte-Saint-Martin le 16 avril 1839.

Imprimerie d'An. EVERAT et Comp., rue du Cadran, 14 et 16.

LÉO
BURCKART

PAR

M. GÉRARD,

ACCOMPAGNÉ

DE MÉMOIRES ET DOCUMENTS INÉDITS

SUR

LES SOCIÉTÉS SECRÈTES D'ALLEMAGNE.

PARIS.

BARBA, DESESSART,
AU PALAIS-ROYAL. RUE DES BEAUX-ARTS, 15.

BROCKHAUS ET AVENARIUS,
RUE RICHELIEU.

A LEIPSICK, MÊME MAISON.

—

1839.

AVIS DES ÉDITEURS.

———

On trouvera ci-joints plusieurs mémoires et documents sur les sociétés secrètes d'Allemagne, qui
sans doute auront quelque intérêt pour les lecteurs
de la pièce.

L'auteur s'est contenté de réunir ces matériaux
historiques, sans tenter de les expliquer ou d'en relever les tendances diverses et les contradictions.
Un travail spécial sur des questions politiques qui
ont si longtemps divisé les esprits en Allemagne
l'eût entraîné à froisser peut-être quelques amitiés
ou sympathies qu'il s'est acquises depuis longtemps
dans ce pays. Sa position d'auteur dramatique lui
permettait d'ailleurs de ne rien préciser dans les
détails, tout en reproduisant avec impartialité les

idées, les mœurs et les faits généraux de l'époque qu'il avait choisie.

Dans cette disposition, l'auteur doit surtout protester contre l'intention qu'on lui a supposée de mettre en scène, sous d'autres noms, Kotzebue et Carl Sand. La critique aurait pu choisir, de préférence, un autre événement qui s'est passé dans la même année, et qui présenterait du moins avec le dénoûment du drame un certain rapport de situation. Mais il est aisé de voir, au reste, que les noms des personnages, et ceux même des lieux où se passe l'action, ont été ou dénaturés ou supposés entièrement [1].

Voici une note qu'on lit dans *l'Annuaire de Lesur*, faisant suite au récit de l'assassinat de Kotzebue, qui avait eu lieu deux mois avant :

« FRANCFORT. — TENTATIVE D'ASSASSINAT.

» Il vient de se passer à Schwalbach un événement horrible qui peut servir de pendant à celui de Sand.

» Le premier juillet un jeune homme d'environ vingt-huit ans, nommé Lœning, beau-fils du pharmacien d'Idstein, bourg du duché de Nassau, se pré-

---

[1] Notamment le nom de Waldeck et l'indication du château de Wurtz-bourg. Mais aucun Allemand ne s'y trompera.

senta à Schwalbach chez M. Ibell, président de la
régence et qui jouit de la confiance du duc, sous
prétexte d'avoir à lui parler d'affaires particulières.
Après avoir conversé quelque temps avec lui, Lœning tira un poignard et chercha à en percer la personne du président. Celui-ci, grand, fort et doué
d'une rare présence d'esprit, esquiva le coup, qui
se perdit dans son habit, et s'élança sur le meurtrier
en appelant du secours. La première personne qui
entra dans la chambre fut madame Ibell qui trouva
son époux luttant avec son assassin. Celui-ci tirant
alors un pistolet de sa poche essaya de le faire
partir sur madame Ibell, ou sur son époux, ou
peut-être sur lui-même : quoi qu'il en soit de cette
dernière version (que son suicide postérieur rend
plus vraisemblable), l'amorce prit, mais le coup ne
partit pas. Plusieurs personnes arrivèrent, et l'on
parvint à se rendre maître de ce forcené qu'on a
de suite arrêté et interrogé. On ne doute pas que
son crime ne soit l'effet de ses opinions politiques
prononcées contre le gouvernement ou contre l'administration de M. Ibell. »

SOCIÉTÉS SECRÈTES

D'ALLEMAGNE.

MÉMOIRE

LES SOCIÉTÉS SECRÈTES D'ALLEMAGNE

PREMIÈRE PARTIE.

ORIGINE ET PROGRÈS DES ASSOCIATIONS SECRÈTES JUSQU'EN 1814.

L'association la plus ancienne et la plus dangereuse est celle que l'on connaît généralement sous la dénomination d'illuminés, et dont la fondation remonte vers le milieu du siècle dernier.

La Bavière fut son berceau; l'on prétend qu'elle eut pour fondateurs quelques chefs de l'ordre des jésuites; mais cette opinion, peut-être hasardée, n'est fondée que sur des données incertaines. Quoi qu'il en soit, elle fit en peu de temps de rapides progrès, et le gouvernement bavarois se vit dans la nécessité d'employer contre elle des moyens de répression, et même de chasser quelques-uns des principaux sectaires.

Mais il ne put extirper le germe du mal; les illuminés, restés en Bavière, obligés de s'ensevelir dans l'ombre pour échapper à l'œil de l'autorité, n'en devinrent que plus redoutables. Les mesures de rigueur dont ils étaient l'objet, décorées du titre de persécution, leur gagnèrent de nouveaux prosélytes, tandis que les membres bannis allaient porter dans d'autres états les principes de l'association. C'est ainsi qu'en peu d'années l'illuminisme multiplia ses foyers dans tout le midi de l'Allemagne, et, par suite, en Saxe, en Prusse, en Suède et même en Russie.

L'on a confondu longtemps les rêveries des piétistes avec celles des illuminés. Cette erreur peut provenir de la dénomination même de la secte, qui révèle d'abord l'idée d'un fanatisme purement religieux, et des formes mystiques qu'elle fut obligée de prendre à sa naissance pour cacher ses principes et ses projets ; mais l'association eut toujours une tendance politique. Si elle conserve encore quelques traits de mysticité, c'est pour s'aider au besoin de la puissance du fanatisme religieux, et l'on verra dans la suite le parti qu'elle en sait tirer.

La doctrine de l'illuminisme est subversive de toute espèce de monarchie : une liberté illimitée, un nivellement absolu, tel est le dogme fondamental de la secte : dissoudre les liens qui unissent au souverain les citoyens d'un état, voilà le but de tous leurs efforts.

Aussi les illuminés accueillirent-ils avec enthousiasme les idées qui prévalurent en France depuis 1789 jusqu'en 1804. Peut-être ne furent-ils pas étrangers aux intrigues qui préparèrent les explosions de 89 et des années suivantes ; mais ils n'ont pas pris une part active à ces manœuvres ; il est du moins hors de doute qu'ils ont ouvertement applaudi aux systèmes qui en ont été les résultats ; que les armées républicaines, lorsqu'elles ont pénétré en Allemagne, ont trouvé dans ces sectaires des auxiliaires d'autant plus dangereux

qu'ils n'inspiraient aucune défiance, et l'on peut dire avec
assurance, que plus d'un général de la république dut une
partie de ses succès à ses intelligences avec les illuminés.

Ce serait encore à tort que l'on confondrait l'illuminisme
avec la maçonnerie. Ces deux associations, malgré les points
de ressemblance qu'elles peuvent avoir, dans le mystère dont
elles s'entourent, dans les épreuves qui précèdent l'initiation
et dans d'autres objets de forme, sont absolument distinctes
et n'ont entre elles aucune espèce de rapports. Les loges du
rit écossais comptent, il est vrai, quelques illuminés parmi
les maçons des grades supérieurs; mais ces adeptes se gardent
bien de se faire connaître pour tels à leurs confrères en maçonnerie et de manifester des idées qui trahiraient leurs secrets.

Je ne suivrai pas la marche et les progrès de l'illuminisme
depuis sa naissance jusqu'à l'époque où il devint une puissance redoutable, il faudrait trop souvent suppléer aux lumières positives par des documents incertains. La faiblesse
des gouvernements et d'autres circonstances qu'il est inutile
de détailler, hâtèrent plus ou moins ses développements. En
Prusse, par exemple, où l'association comptait un assez grand
nombre de partisans, dès le règne de Frédéric II, elle eut un
grand appui dans Frédéric-Guillaume III, alors prince royal ;
elle monta avec lui sur le trône, et la faiblesse de ce prince
hâta tellement ses progrès, qu'à l'avénement du roi régnant
elle était répandue dans les états-majors de l'armée, dans les
administrations, et gênait déjà les dépositaires de l'autorité [1].

Au reste, l'on conçoit aisément combien l'influence de la
révolution française dut augmenter rapidement sa force, et

[1] Sans doute ce prince ne fut pas initié au grand but de l'association, et
les chefs qui se servaient de son nom et de son crédit pour avancer leurs
affaires, se bornaient à le distraire par quelques rêveries mystiques.

combien la présence des armées républicaines favorisa ses em-
piétements. Je me bornerai à faire connaître le degré de puissance où elle était parvenue en 1804.

A cette époque elle avait étendu ses colonies dans tous les
états qui formaient l'empire germanique, en Prusse, en Suède,
en Russie; ses principaux foyers dans ces divers états sont
connus. Quelques membres disséminés dans la Tauride formaient les derniers anneaux de cette chaîne, qui venait se rattacher à l'Allemagne par la Hongrie et les pays héréditaires.

Voici ce que j'ai recueilli de plus positif sur l'association
des illuminés :

Je dois d'abord faire observer que par la dénomination de
foyers je n'ai pas entendu désigner des points de réunion pour
les adeptes, des lieux où ils tiennent des assemblées, mais
seulement des localités où l'association compte un grand nombre de partisans, qui, tout en vivant isolés en apparence, se
communiquent leurs idées, s'entendent et marchent de concert vers le même but.

L'association eut, il est vrai, à sa naissance des assemblées
où se faisaient les réceptions, mais les dangers qui en résul-
tèrent et qui compromirent son existence lui firent sentir la
nécessité d'y renoncer. Il fut établi que chaque initié adepte
aurait le droit d'initier, sans le secours de qui que ce fût, tous
ceux qui lui en paraîtraient dignes, après les épreuves usitées.

Le catéchisme de là secte se compose d'un très-petit
nombre d'articles qui pourraient même se réduire à cet unique précepte :

« Armer l'opinion des peuples contre les souverains, et
« travailler de tous ses moyens à la chute des gouvernements
« monarchiques, pour fonder à leur place des systèmes d'in-
« dépendance absolue. »

Tout ce qui peut tendre vers ce but est dans l'esprit de

l'association : l'illuminé qui reçoit un adepte n'a donc pas de longues instructions à lui donner, et le récipiendaire pourrait, en sortant de l'initiation, faire lui-même de nouveaux prosélytes, comme celui qui aurait vieilli dans la société.

Les initiations ne sont pas accompagnées, comme dans la maçonnerie, d'épreuves fantasmagoriques, devenues un objet de dérision ; mais elles sont précédées de longues épreuves morales qui garantissent de la manière la plus sûre la fidélité du catéchumène. Les serments, le mélange de ce que la religion a de plus sacré, les menaces et les imprécations contre les traîtres, rien de ce qui peut ébranler fortement l'imagination n'est épargné ; du reste le seul engagement que contracte le récipiendaire, c'est de propager les principes dont il a été imbu, de garder un secret inviolable sur tout ce qui tient à l'association, et de travailler de tous ses efforts à augmenter le nombre des prosélytes [1].

Il paraîtra sans doute étonnant qu'il puisse régner le moindre concert dans l'association, et que des hommes, qu'aucun lien physique ne réunit, et qui vivent à de grandes distances les uns des autres, puissent se communiquer leurs idées, concerter des plans de conduite et donner des craintes fondées aux gouvernements ; mais il existe une chaîne invisible qui lie fortement tous les membres épars de l'association ; en voici quelques anneaux :

Tous les adeptes qui résident dans une même ville se con-

---

[1] Il est très-probable que la crainte d'être découvert arrête un grand nombre d'illuminés qui seraient disposés à éclairer l'autorité, s'ils croyaient pouvoir le faire impunément. Voici ce que l'un d'eux écrivit à son confrère en 1811, en lui envoyant une série de renseignements politiques sur le canton qu'il habitait : « Je t'envoie, mon ami, ce que je t'ai promis ; ce « n'est qu'un abrégé, cependant tout y est marqué juste. Mais je jure par le « Dieu tout-puissant que s'il en résulte pour moi quelque désagrément, je te « brûle la cervelle, aussi vrai que je suis Allemand. »

naissent ordinairement, à moins que la population de la ville ou le nombre des adeptes ne soit trop considérable.

Dans ce dernier cas ils sont divisés en plusieurs groupes qui tous ont des rapports continuels par des membres de l'association, que des relations personnelles lient à deux ou à divers groupes à la fois.

Ce n'est point au surplus par des lettres confiées à la poste, ou à des intermédiaires équivoques, que les chefs de différents foyers entretiennent leurs communications. Des membres de la société, désignés sous le nom de voyageurs ou de visiteurs, vont souvent d'un foyer à l'autre pour connaître l'état des choses, propager les écrits mis au jour, porter et recevoir en même temps les avis qui peuvent intéresser l'association.

Un adepte est-il forcé de changer de résidence, soit momentanément, soit pour toujours, et n'a-t-il aucun rapport personnel dans les lieux où il doit se rendre? Des recommandations particulières le mettent promptement à même d'avoir des relations avec le foyer dont il va se rapprocher.

Comme la principale force des illuminés gît dans la puissance de l'opinion, ils se sont attachés, dès le principe, à faire des prosélytes parmi les hommes qui, par état, exercent une influence plus directe sur les esprits, tels que les littérateurs, les savants, et surtout les professeurs. Ceux-ci dans leurs chaires, ceux-là dans leurs écrits, propagent les principes de la secte en déguisant sous mille formes différentes le poison qu'ils font circuler : ces germes, souvent imperceptibles aux yeux du vulgaire, sont ensuite développés par les adeptes dans les sociétés qu'ils fréquentent, et le texte le plus obscur est mis ainsi à la portée des moins clairvoyants.

C'est surtout dans les universités que l'illuminisme a toujours trouvé et trouvera encore de nombreuses recrues.

Ceux des professeurs qui font partie de l'association s'attachent d'abord à étudier le caractère de leurs élèves; un étudiant annonce-t-il une âme forte, une imagination ardente, aussitôt les sectaires s'emparent de lui; ils font résonner à ses oreilles les mots *despotisme, tyrannie, droits des peuples*, etc. avant même qu'il puisse attacher d'idées justes à ces mots ; à mesure qu'il avance en âge, des lectures choisies, des entretiens adroitement ménagés, font éclore les germes déposés dans son jeune cerveau; bientôt son imagination fermente, l'histoire, les traditions des temps fabuleux, tout est mis en usage pour porter son exaltation au plus haut degré ; et avant qu'on lui ait parlé d'association secrète, contribuer à la chute d'un souverain est, à ses yeux, l'acte le plus noble et le plus méritoire. C'est alors que les épreuves de courage, de constance et de discrétion se multiplient chaque jour sans que l'étudiant puisse même se douter que l'on s'occupe de lui ; enfin lorsque la séduction est complète, lorsque plusieurs années d'épreuves garantissent à l'association un secret inviolable et un dévouement absolu, on lui fait connaître que des milliers d'individus, répandus dans tous les états de l'Europe, partagent ses sentiments et ses vœux; qu'un lien secret unit fortement tous les membres épars de cette même famille, et que la réforme qu'il désire si ardemment doit tôt ou tard s'opérer.

Le régime des universités allemandes est très-propre à favoriser les progrès de l'association. En général, ces établissements sont tout à fait indépendants de l'autorité publique; quant à leur police intérieure, ils ont même sur les étudiants une juridiction qui s'étend au dehors, et c'est un comité de professeurs qui l'exerce et qui est chargé de surveiller tout ce qui tient à l'intérieur, à l'enseignement, etc., de manière que les magistrats n'ont aucun moyen d'éclaircir ni de réprimer les écarts des élèves ou des professeurs.

Parmi les prosélytes de cette dernière classe, il en est sans doute que les événements politiques, la faveur du prince, ou d'autres circonstances, détachent de l'association; mais le nombre de ces déserteurs est nécessairement très-borné, encore n'osent-ils se prononcer contre leurs anciens confrères, soit qu'ils redoutent les vengeances particulières, soit que, connaissant la puissance réelle de la secte, ils veuillent se ménager des voies de réconciliation; souvent même ils sont tellement enchaînés par les gages qu'ils ont donnés personnellement, qu'ils se trouvent dans la nécessité, non-seulement de ménager les intérêts de la secte, mais de la servir indirectement, quoique leur nouvelle situation exige le contraire; c'est ainsi qu'un des plus ardents sectateurs de l'illuminisme, porté par l'influence de la France à la direction des affaires, dans un des états de la confédération du Rhin, fut entraîné par la force des choses, et forcé de peupler les administrations, les établissements publics, d'illuminés bien connus, lorsqu'à sa connaissance, l'association avait tourné tous ses efforts contre les intérêts de la France, ainsi que je l'exposerai dans la seconde partie.

La marche des illuminés est plus prudente, plus ardente, et conséquemment plus adroite. Au lieu de révolter l'imagination par des idées de régicide, ils affectent les sentiments les plus généreux. Des déclamations sur l'état malheureux des peuples, sur l'égoïsme des courtisans, sur les mesures d'administration, sur tous les actes de l'autorité qui peuvent offrir un prétexte à la littérature, en opposition des tableaux séduisants de la félicité qui attend les nations, sous les systèmes qu'ils veulent établir. Telle est leur manière de procéder surtout dans l'intimité de leurs relations. Plus circonspects dans leurs écrits, ils déguisent ordinairement sous une métaphysique obscure, sous des allégories plus ou moins ingénieuses, le poison qu'ils n'osent pas présenter ouvertement. Souvent même les textes des livres saints servent d'enveloppes et de véhicules à ces funestes insinuations; mais, comme je l'ai déjà dit, les adeptes sont là pour expliquer les symboles séditieux; en un mot, donnant très-peu aux entreprises hasardeuses, persuadés que, tôt ou tard, le cours naturel des choses amènera une crise favorable à leurs desseins, ils se mettent en mesure d'en profiter en augmentant chaque jour le nombre de leurs prosélytes, et en affaiblissant de plus en plus le respect et l'amour des peuples pour leurs souverains.

Ce n'est pas qu'on ne doive redouter de leur part de grands attentats, si des circonstances, qu'il est impossible de prévoir, mettaient leur intérêt à cette épreuve. Les deux jeunes Saxons, dont j'ai parlé au commencement de ce mémoire, sont des exemples frappant des excès où les illuminés peuvent se porter dans une situation donnée; et, pour ne laisser aucun doute à cet égard, je crois devoir entrer dans quelques détails qui les concernent. Ces détails serviront d'ailleurs à prouver ce que j'ai avancé ci-dessus, savoir : que l'association, quoiqu'elle ait une tendance exclusivement politique, ne dédaigne pas de recourir dans l'occasion au fanatisme religieux, et qu'elle sait le porter au plus haut degré d'exaltation.

L'un, natif de Hambourg, âgé de dix-sept ans et demi, fils d'un ministre luthérien, était apprenti dans une manufacture de draps à Erfuld. Telle était l'exaltation de son cerveau, qu'il s'imagina que Dieu avait daigné se manifester à lui et lui avait ordonné d'aller tuer Napoléon pour le salut des peuples allemands.

En sortant de cette extase, il jure d'exécuter l'ordre qu'il croit avoir reçu du Ciel, et il demande la damnation éternelle s'il cesse de travailler jusqu'à son dernier soupir à l'accomplissement du serment qu'il vient de faire.

Quelques traits d'une lettre qu'il adresse à sa famille, au moment de partir, le peindront mieux que je ne pourrais le faire en vingt pages. « Mes chers parents, » écrivait-il à son père et à sa mère,

« Je pars pour exécuter ce que le Ciel m'ordonne, pour « sauver des milliers d'hommes et pour périr moi-même. Que « vais-je faire et par quel moyen atteindrai-je mon but ? C'est « ce que je n'ose vous découvrir.

« Il y a quelques semaines que ce dessein a été conçu, mais « voyant des obstacles de toutes parts j'hésitais encore. Dans « cette situation j'implorai l'assistance de Dieu ; c'est alors « que sa lumière est venue me frapper : j'ai cru voir Dieu dans « toute sa majesté, et entendu retentir ces paroles comme la « foudre : Pars, et fais ce que je t'ai ordonné ; je serai ton « guide et ton appui ; tu arriveras au but et tu perdras la « vie, mais tu seras heureux avec moi. »

Il écrivait en même temps à des jeunes gens avec lesquels il était intimement lié :

« Si vous venez me chercher, vous me trouverez parmi les « morts ou parmi les vainqueurs, sur le champ de bataille ; « je ne puis rester plus longtemps ici, et je vous fais mes « adieux. »

Le second, gentilhomme lusacien, était âgé de dix-neuf ans et n'avait point encore quitté l'université.

Le fanatisme religieux agit beaucoup moins sur lui que sur le précédent ; cependant on ne saurait mettre en doute qu'il n'en ait un peu senti l'influence, car il avoua que l'excommunication fulminée contre Bonaparte avait contribué à le fortifier dans le dessein d'attenter à ses jours.

Tous deux ils furent arrêtés avant d'avoir pu exécuter leur projet. Ils montrèrent l'un et l'autre le même courage et la même impassibilité.

Le premier, c'est-à-dire l'apprenti fabricant, fut conduit après son arrestation devant Bonaparte qui l'interrogea pendant plus d'une demi-heure. Ce jeune homme avoua avec ingénuité son dessein et ses motifs, ajoutant qu'en lui ôtant la vie il croyait rendre service à l'Allemagne et à l'Europe entière. Il parut dans cette longue séance ferme et tranquille; il répondait à tout sans la moindre nuance d'exagération et de faiblesse. Le docteur Corvisart, qui l'observait attentivement et lui tâtait de temps en temps le pouls, ne trouva chez lui aucune altération et surtout pas le moindre dérangement au cerveau.

Bonaparte ayant laissé tomber quelques mots de pardon, le jeune homme le détourna lui-même de cette idée, « car, dit-« il froidement, si les circonstances qui m'ont porté à cette « entreprise subsistaient encore, ou se présentaient de nou-« veau, je me croirais obligé et je ne pourrais me dispenser « de recommencer. »

Comme lui, le gentilhomme lusacien avoua qu'il était venu pour tuer Bonaparte. Il lui ressemble encore par un trait bien caractéristique. On lui demanda ce qu'il ferait si Bonaparte, en considération de sa jeunesse, lui pardonnait son égarement et le renvoyait chez lui. Il répondit que ses principes l'obligeraient de suivre son entreprise comme avant son arrestation.

Ces deux exemples que j'ai cru devoir rapporter pour montrer jusqu'où peut aller la fureur de l'illuminisme, ne contredisent point ce que j'ai avancé sur la doctrine de l'association. L'assassinat des souverains n'est pas, je le repète, le point fondamental du catéchisme des illuminés; mais l'imagination des adeptes est travaillée de manière à la rendre susceptible de concevoir les projets les plus hardis, de s'y attacher fortement et de les suivre avec une persévérance et

une abnégation de soi-même que l'on trouverait difficilement
hors de l'association; en un mot, que si l'illuminisme ne fait
pas un usage habituel de ces moyens, il peut y recourir lorsqu'il croit avoir un grand intérêt à le faire.

Il serait possible que l'on crût pouvoir attribuer le parti
extrême auquel se sont portés ces deux jeunes gens, à un
mouvement spontané produit par l'état d'oppression où se trouvait alors l'Allemagne, ou bien à une haine contre Napoléon
tout à fait indépendante de l'illuminisme.

Mais quelques rapprochements suffiront pour faire apercevoir la connexion qui existe entre la secte et les deux jeunes
fanatiques, si l'on veut bien observer d'ailleurs (ce qui sera
prouvé dans la deuxième partie) qu'à l'époque dont il s'agit
l'illuminisme avait tourné tous ses efforts contre la France et
la personne de Napoléon.

L'on ne saurait se refuser d'admettre que ces deux jeunes
gens avaient été imbus des mêmes principes, étaient enfin
sortis de la même école.

Or, suivant ses aveux, le gentilhomme lusacien s'était
livré avec beaucoup d'application à la lecture des ouvrages
de Jean Muller, et les œuvres de ce littérateur allemand sont
en grande vénération chez les illuminés à cause des maximes
et des déclamations contre le despotisme que l'on y trouve
très-fréquemment. Il était lié depuis plusieurs années avec
des hommes bien connus pour faire partie de l'association.
Enfin on trouva parmi ses papiers, saisis en Saxe, une disser-
tation tendant à établir « que tout empereur, roi ou prince,
qui attente à la liberté du peuple, peut être déposé et même
tué par le peuple. »

Cette question ne pouvait avoir d'application particulière
à Napoléon de la part des peuples allemands; c'est ici où l'on
ne saurait le nier; une thèse générale dans laquelle on consi-

dère, non pas les rapports d'un peuple vaincu avec le souverain étranger qui l'opprime, mais bien les rapports des sujets
avec leurs légitimes souverains.

Il est impossible de ne pas reconnaître, dans cette disserta-
tion, la doctrine et surtout la marche de l'illuminisme : car
une fois le principe admis on peut en faire l'application à
chaque instant. Il ne sera pas difficile de trouver dans les actes de l'autorité, quelque sages, quelque justes qu'ils puissent être, des motifs plus ou moins plausibles de déposition
ou d'assassinat.

Voilà, à peu de choses près, tout ce qui a été recueilli de
plus certain sur les illuminés proprement dits. Je vais parler
maintenant de quelques autres associations qui, sans avoir de
connexion bien intime avec eux, marchent cependant vers le
même but, mais par des voies plus obliques.

La plus redoutable après l'illuminisme, et par le nombre
et par l'influence de ses membres, est uniquement composée
de littérateurs, d'érudits de toutes les classes désignés sous le
nom d'*idéalistes;* dénomination fondée sur des systèmes de
perfectibilité dans les institutions politiques dont ils se font
les apôtres.

Ces novateurs n'attaquent pas de front, comme les illuminés, les gouvernements qu'ils veulent renverser, mais ils ne
laissent échapper aucune occasion de leur porter des coups
détournés, de faire la censure des institutions existantes, et
d'insinuer, quoique timidement, que les peuples ne peuvent
être heureux sous les systèmes de la monarchie. Traités de
morale et de métaphysique, voyages, romans, pièces drama-
tiques, etc., etc. ; tous les ouvrages qu'ils mettent au jour
sont infectés de ces idées démagogiques.

Comme les principes des idéalistes sont au fond les mêmes
que ceux des illuminés, ces deux sectes ont réciproquement

profité de leurs travaux séparés ; mais comme ces deux associations marchent vers le même but, elles finiront par se fon-
dre l'une dans l'autre. Déjà même plusieurs coryphées de
l'idéalisme sont entrés dans la secte des illuminés ; d'autres
ont des rapports intimes avec eux. Ce qui déterminera sans
doute, et peut-être avant peu, une réunion complète, c'est
que les idéalistes n'étant pas organisés en corps comme les
illuminés, leur nombre étant d'ailleurs très-borné eu égard
à ceux-ci, ils sentiront l'impossibilité de profiter exclusivement des révolutions qu'ils préparent.

Parmi les autres auxiliaires de l'illuminisme l'on compte
plusieurs sectes religieuses que des manies, plus ou moins
prononcées, semblent séparer, mais dont la doctrine est néan-
moins fondée sur les mêmes principes.

On en connaît trois dans l'Allemagne méridionale. En général elles s'accordent à voir, dans le texte de l'écriture
sainte, le gage d'une régénération universelle, d'un nivellement absolu, et c'est dans cet esprit que les sectaires inter-
prètent les livres sacrés.

La plus nombreuse est celle qui eut pour fondateur un certain Bœhm. Elle a étendu ses colonies sur toute la rive droite
du Rhin jusqu'en Hollande ; et parmi ses apôtres les plus zélés elle comptait, il y a peu de temps, un célèbre oculiste
attaché à une cour allemande.

Au reste, ces sectes religieuses ne peuvent rien encore par
elles-mêmes, mais leurs efforts tournent au profit des illuminés, et ces derniers comptent tellement sur l'appui de ces
mystiques démagogues, qu'ils évitent de faire des prosélytes
parmi eux, persuadés que le fanatisme religieux agira plus
puissamment sur l'imagination que le fanatisme politique.

Telle était la situation de l'Allemagne et du nord de l'Europe sous le rapport des associations secrètes, lorsque Bona-

parte fut porté au gouvernement de la France. L'illuminisme y comptait de nombreux partisans ; il était en majorité dans tous les établissements d'éducation, dans toutes les administrations publiques, dans les états-majors des armées ; il s'était même introduit dans les cabinets de plusieurs souverains.

Aidé par les idéalistes et par les sectes religieuses dont je viens de parler, encouragé par l'exemple de la France et par l'espoir d'en être protégé, jamais il n'a menacé plus éminemment le repos de l'Allemagne, et il n'a tenu qu'au gouvernement français d'allumer dans ce pays un vaste incendie qui aurait fini par se communiquer à tous les états du Nord.

Il suffisait pour cela d'abandonner les esprits à l'impulsion qu'ils avaient reçue, et ne pas leur montrer l'envie de s'opposer aux innovations projetées.

Mais le gouvernement français fit au contraire tout ce qu'il fallait pour arrêter l'explosion, et l'on peut dire avec assurance que le système politique de Bonaparte a sauvé l'Allemagne d'un embrasement général.

DEUXIÈME PARTIE.

INFLUENCE DES ASSOCIATIONS SECRÈTES SUR LES ÉVÉNEMENTS POLITIQUES, DEPUIS 1804 JUSQU'EN 1814.

J'ai montré les associations secrètes faisant aux souverains une guerre plus ou moins ouverte, mais continuelle : on va les voir dans cette seconde partie suivre une marche diamétralement opposée, et cependant toujours conforme à leurs intérêts et à leurs systèmes.

A peine Napoléon eut-il manifesté le dessein de substituer aux institutions républicaines les principes de la monarchie, et

2

de concentrer dans ses mains toute l'autorité, que les illuminés, les idéalistes et tous les autres partisans des systèmes anti-monarchiques le traitèrent en ennemi. Ils n'attendirent pas, pour se prononcer, qu'il eût posé sur sa tête la couronne impériale. Son système de concentration, quel que fût le titre sous lequel il prétendit l'établir, devait nécessairement changer les idées qui avaient prévalu chez nous, et conséquemment priver les associations de l'appui qu'elles attendaient de l'influence française.

Mais les résultats de la guerre de 1806 avec l'Autriche, la dissolution du corps germanique, l'établissement du système continental, qui menaçait évidemment tous les états de l'Allemagne du despotisme qui pesait sur la France, qu'ils avaient regardée jusqu'alors comme une alliée aussi fidèle que puissante; toutes ces circonstances achevèrent de révéler aux illuminés les dangers qui les menaçaient, et nous devînmes bientôt leurs plus redoutables ennemis. Persuadés que notre prépondérance dans le Nord serait, d'après les nouveaux principes du gouvernement, un obstacle insurmontable à l'exécution de leurs projets, ils tournèrent tous leurs efforts contre Bonaparte et contre la nation qu'il gouvernait, ne pouvant séparer l'un de l'autre.

Ce changement dans les intérêts de l'illuminisme en produisit nécessairement un dans la marche qu'il avait suivie jusqu'à cette époque. Aussi vit-on tout à coup les sectaires abandonner leurs projets de réforme, substituer à leurs prédications anarchiques un langage qui paraissait dicté par l'intérêt national, se montrer les plus zélés défenseurs des souverains dont ils avaient si longtemps conjuré la perte, et parler ouvertement de leur rendre l'indépendance qu'ils avaient perdue et d'affranchir l'Allemagne de la domination française.

Ce mouvement commença par la Prusse, où l'association

était plus libre que dans les états voisins, parce que le gouvernement français y exerçait une influence beaucoup moins
immédiate.

J'ai dit, dans la première partie de ce mémoire, que dès
l'avénement de Frédéric-Guillaume III, les sectaires avaient
déjà assez de crédit pour gêner la marche de l'administration.
Depuis cette époque, ils gagnèrent rapidement un immense
terrain; en peu d'années, ils attirèrent à eux tous les partisans
des idées révolutionnaires, quelles que fussent les bannières
sous lesquelles ils eussent marché jusqu'alors, et de cet amal-
game il se forma un corps nombreux qui prit la dénomination
de *Ligue de la Vertu* (*Tugen-Bund*), et qui eut pour grand-
maître le prince Louis de Prusse. Dès cet instant la secte
devint maîtresse absolue de l'opinion publique. Elle fut en
état de soutenir ou renverser les ministres, de dicter pour
ainsi dire les délibérations du cabinet, et la guerre de 180...
fut un de ses triomphes.

Les funestes résultats de cette guerre, loin d'affaiblir l'esprit de secte qui l'avait provoquée, lui donnèrent une nouvelle
ardeur; il semblait que la ferveur des sectaires se fût accrue
de leurs désastres comme citoyens. Les yeux les moins exer-
cés purent aisément en distinguer les effets, dans les provinces
démembrées comme dans celles que la monarchie prussienne
avait conservées, à l'étroite intelligence qui régnait entre les
habitants, à l'aveuglement qui leur faisait nier pour ainsi
dire des défaites si récentes et désirer de nouveaux combats,
lors même que le cabinet de Berlin avouait publiquement son
impuissance et manifestait l'intention de maintenir la paix de
Tilsitt.

Au reste les malheurs de la Prusse tournèrent encore au
profit de l'illuminisme. Les sectaires firent entendre aisément
à ceux de leurs compatriotes qui étaient entrés dans la Ligue

de la Vertu par un pur mouvement de patriotisme, que le souverain était incapable de défendre l'état et d'assurer la prospérité. Ils tirèrent habilement parti de l'hésitation que le cabinet avait manifestée aux époques précédentes, de l'influence que l'opinion publique avait eue sur ses délibérations, et n'imputant, pour soulager l'amour-propre national, les funestes résultats de la guerre qu'aux fautes des ministres et des généraux qui ne faisaient point partie de l'association, ils conclurent que les gouvernements monarchiques, lorsqu'ils n'étaient pas assez fortement constitués pour opprimer une nation, étaient trop faibles pour la défendre contre une invasion étrangère; et, par une conséquence toute naturelle, qu'il fallait recourir à une autre forme de gouvernement.

A l'exemple des illuminés de Prusse, les sectaires des états voisins travaillèrent avec ardeur à propager cet esprit de haine contre la France et contre l'homme qui la gouvernait; il gagna rapidement une partie de la Saxe et de l'Autriche, pendant que l'on enflammait le patriotisme des peuples et des armées par des écrits de toute espèce. La Ligue de la Vertu, qui reconnaissait alors pour chef un ancien ministre de Prusse que l'influence française avait fait éloigner des affaires, se hâtait de former de nouveaux établissements dans tous les états voisins.

Ce ministre, retiré d'abord en Bohême, d'où il dirigeait les grandes manœuvres de la Ligue de la Vertu, en porta lui-même l'institution dans la monarchie autrichienne, et c'est de cette époque seulement que paraît dater l'influence de l'illuminisme dans ce pays.

Jusqu'alors les sectaires avaient montré dans toute leur conduite beaucoup d'incertitude et de timidité; leur crédit sur l'opinion publique était pour ainsi dire nul; mais dès que les

Amis de la Vertu[1], que le ministre réfugié avait appelés de Prusse, eurent associé leurs efforts à ceux des illuminés autrichiens, on vit se former un esprit public, l'orgueil national se réveiller et toutes les classes sortir de l'apathie où elles étaient plongées.

Les grands qui tenaient à l'association, mais qui n'avaient pas encore osé se prononcer ouvertement, n'hésitèrent plus à le faire en affectant cependant de paraître obéir à l'impulsion de la masse; leur exemple acheva d'entraîner tout ce qui conservait un peu de modération. Comme en Saxe et en Prusse, les provinces, les grandes villes surtout, pullulèrent bientôt de petites sociétés dont le cri de ralliement était : *Guerre à Napoléon et à la France.* L'enthousiasme gagna même les femmes; il se forma dans la ville de Prague une association uniquement composée de dames du premier rang, qui adopta la dénomination de *Dames romaines.*

L'effet de toutes ces combinaisons ne fut ni moins prompt ni moins général qu'en Prusse, et le cabinet de Vienne en se décidant à la guerre de 180... eut l'air de céder à la volonté de la nation.

Cette époque fut marquée par plusieurs circonstances que je crois devoir rappeler, parce qu'elles contribueront à faire apprécier le degré de puissance que l'illuminisme avait acquis à cette époque.

Il paraît démontré que ce fut l'association qui suscita le colonel Schil et le duc de Brunswick-Oëls, qui leur fournit des intelligences et de l'argent.

Les insurrections tentées avec plus ou moins de succès dans le Tyrol, la Souabe, le pays de Bareuth, la Poméra-

[1] Dénomination des membres de la *Ligue de la Vertu.*

nie, etc., etc., furent aussi son ouvrage : l'on connaît plusieurs émissaires qui furent envoyés dans ces divers pays.

Si toutes ces tentatives échouèrent, c'est que les peuples allemands n'étaient point encore assez mûrs pour prendre part à cette lutte. Deux ans plus tard toute la population de l'Allemagne aurait sans doute épousé la cause de l'Autriche.

La paix de Vienne, l'alliance entre la France et l'Autriche, le départ forcé pour la Russie du ministre prussien fixé à Prague ; la dissolution, par ordre de l'empereur *François*, de toutes les sociétés secrètes formées en Autriche, le caractère de bonne intelligence que prenaient les relations politiques entre la France et la Prusse, l'accroissement de puissance que Napoléon semblait avoir acquis par le traité de Vienne, tout semblait se réunir pour comprimer les illuminés. Mais le mouvement imprimé à la masse de la population n'en fut point ralenti, et tandis que les cabinets de Vienne, de Dresde, de Berlin étaient avec nous dans les termes de la plus étroite amitié, les peuples manifestaient la haine la plus violente contre tout ce qui était français.

Cette force de l'opinion sur laquelle n'avaient pas osé compter les chefs de l'illuminisme, les tira de l'espèce d'engourdissement où ils étaient depuis le traité de 180...

En se réfugiant en Russie le ministre prussien, dont j'ai déjà parlé, avait laissé des chefs secondaires pour diriger la Ligue de la Vertu[1] : aussitôt que les sous-ordres se virent soutenus, ils groupèrent autour d'eux une foule d'agents qui se répandaient ensuite dans tous les états de l'ouest et du midi de l'Allemagne pour activer les foyers, en former de nou-

---

[1] Les chefs sont connus ; je dois faire observer qu'à cette époque (1810), les Amis de la Vertu s'étaient tellement identifiés avec les Illuminés, dans le nord de l'Allemagne, qu'on n'aperçoit plus de ligne de démarcation entre les deux sociétés : il n'en était pas de même dans le midi.

veaux et propager dans ces contrées l'esprit de résistance qui s'était développé à l'ouest et au nord.

Un littérateur saxon qui rédigeait une gazette alla même jusqu'à publier dans son journal une partie des statuts de la Ligue de la Vertu, et faire entrevoir le grand but de l'association. Cet article, répété par un journaliste de Berlin, valut à son auteur une détention de quelques mois, et au journaliste berlinois sa destitution. Mais ces deux hommes furent regardés comme des martyrs de la cause allemande; et les mesures de rigueur dont ils furent l'objet n'eurent d'autre effet que de donner plus d'intérêt à leurs publications.

Au reste, tous les foyers que la ligue de la vertu et l'illuminisme formèrent à cette époque n'eurent pas la même dénomination, très-probablement afin de dissimuler la force des sectaires. Il y eut, outre la ligue de la vertu, des *chevaliers du poignard*, des *frères noirs*, des *chevaliers de saint Jean de Jérusalem*, des *chevaliers de l'arquebuse*.

L'on regarderait peut-être comme très-hasardé ce que je viens de dire de cette agitation générale et des nombreux agents mis en action après le traité de Vienne, contre le vœu bien prononcé de tous les cabinets allemands, si je n'appuyais cette assertion de quelques preuves. Je vais donc rapporter succinctement plusieurs faits dont l'exactitude peut être aisément vérifiée.

Plusieurs agents de la Ligue de la Vertu furent arrêtés à Berlin dans le cours de 1811; entre autres les sieurs *P...m*, *H...*, *F...* etc. Cette mesure avait été provoquée par le gouvernement français, qui avait acquis des preuves matérielles de leurs manœuvres; mais comme le cabinet de Berlin était plus que jamais sous la dépendance de l'association, les papiers saisis et tous les documents qui pouvaient en résulter furent détournés et soustraits à l'autorité supérieure; et les prisonniers, élargis peu de temps après, reprirent avec plus de sécurité, et conséquemment plus de hardiesse, le cours de leurs travaux.

Une arrestation plus importante eut lieu en Bohême, par ordre du gouvernement autrichien, et toujours sur la réquisition de Bonaparte, ce fut celle d'un conseiller prussien à qui le chef principal de la Ligue de la Vertu avait confié, en partant pour la Russie, la direction des affaires de la société dans cette partie de l'Autriche, en Saxe, en Prusse et dans les provinces limitrophes du royaume de Westphalie. L'on saisit avec lui une partie de ses archives; mais ses papiers furent encore détournés en grande partie. Cependant on eut connaissance 1° du chiffre dont il se servait pour correspondre avec ses agents immédiats; 2° de la liste de ces mêmes agents, qui étaient au nombre de vingt-huit, et parmi lesquels se trouvait le fils d'un médecin allemand, jeune homme de vingt-deux à vingt-quatre ans sorti depuis un an ou deux de l'université de Iéna; comme il résidait dans une province occupée par les troupes françaises, il fut arrêté, et l'on trouva dans ses papiers, indépendamment d'un grand nombre d'écrits relatifs à l'association, une correspondance avec plusieurs agents, portés, comme lui, sur la liste trouvée en Bohême chez le conseiller prussien.

Je vais donner l'extrait de quelques unes de ces lettres, dont les plus anciennes remontaient vers le milieu de 1810.

Août 1811. — « Je voyage pour les affaires de famille en « question (c'est-à-dire pour les affaires de la société); de- « puis ton départ j'y ai introduit deux hommes très-inté- « ressants.

« Tu auras sans doute reçu un paquet renfermant des pa- « piers qui doivent être cachés aux yeux du monde; tu me « tireras d'un grand embarras si tu veux m'en instruire.

« Dieu veuille que bientôt commence le premier ou le der-
« nier acte de la tragédie dans laquelle j'ai pris un rôle. »

Septembre 1811. — « Le tribunal paraît chanceler forte-
« ment parce qu'il se dirige vers l'Orient ; j'espère qu'il va
« prendre une direction plus fixe au Nord [1]. »

« Il règne ici une grande agitation dans les *discussions sur*
« *l'Histoire naturelle* (dans les travaux de l'association), mais
« il nous manque toujours le *nervus rerum agendarum*
« (l'argent). »

« Ne pourrais-tu pas m'envoyer une liste des amis et des
« ennemis de *l'Histoire naturelle* dans ton canton? j'en au-
« rais grand besoin. »

« En général les sciences sont portées en Prusse au plus
« haut degré de perfection. Tout est prêt ; nous n'attendons
« plus que le roi nous appelle en nous disant : Venez à la
« noce. »

Novembre 1811. — « Je n'ai pas encore eu la visite du
« voyageur du Rhin. »

Août 1812. — « T....t a sans doute parlé de ton surnom ;
« je désire fort qu'il soit oublié pour le moment [2]. »

Je pourrais citer d'autres preuves, mais je crois pouvoir
m'en dispenser ; elles ne serviraient qu'à grossir ce mémoire.

Ces intrigues étaient déjà en pleine activité dès le milieu
de 1810. Des écrits répandus avec profusion par des émissaires qui parcouraient l'Allemagne dans tous les sens, ache-

---

[1] Allusion aux dispositions que manifestait alors la Prusse pour une alliance avec l'Autriche et la France contre la Russie.

[2] Allusion à la liste saisie en Bohême, chez le conseiller prussien, dans
laquelle les agents étaient distingués par leurs noms de famille et leurs noms
de guerre.

vaient ce que leurs déclamations avaient commencé. Les intérêts privés n'étaient pas oubliés. Toutes les classes qui se trouvaient froissées par le nouvel ordre de choses étaient travaillées dans un sens conforme à leur situation ; par exemple l'on montrait dans la chute de la domination française :

A la noblesse, le rétablissement des priviléges qu'elle avait perdus ;

A la classe des marchands, la liberté du commerce avec l'Angleterre ;

Aux cultivateurs, un état de paix qui garantirait leurs propriétés si longtemps ravagées.

Les universités furent pratiquées avec la même ardeur ; ceux des étudiants qui n'étaient encore affiliés à aucune secte ne furent pas insensibles aux mots *patrie*, *intérêt national*, et ils se montrèrent bientôt aussi enthousiastes que les sectaires eux-mêmes.

C'est ainsi que se forma, dans un très-court espace de temps, un lien moral qui unit très-fortement tous les états d'Allemagne, même ceux que des intérêts politiques et des haines nationales avaient jusqu'alors divisés.

Les premiers bruits de guerre avec la Russie donnèrent un nouveau degré d'activité à cette exaltation, parce que l'on entrevoyait dans cette guerre l'occasion d'anéantir tout d'un coup la puissance de Napoléon par une levée soudaine de tous les peuples allemands lorsqu'il serait enfoncé dans les déserts de la Russie. Enfin lorsque les hostilités commencèrent, Bonaparte se trouva dans une situation non moins extraordinaire que le projet gigantesque qu'il allait tenter. Tous les peuples qu'il entraînait à cette guerre avaient en horreur sa personne et sa domination. Les armées alliées partageaient ce sentiment, et l'esprit de haine semblait se prononcer plus fortement chez les peuples dont les souverains paraissaient liés plus étroitement à sa cause [1].

Ce qui sauva Bonaparte à l'époque dont je parle, ce fut l'excès même de ses revers en Russie. Je m'explique :

Comme il entrait dans le plan des sectaires d'exagérer toujours ses pertes, ils publièrent que toute son armée avait été taillée en pièces, gelée ou prise sur la route de Moscou à Wilna. Les bulletins russes et anglais, répandus avec profusion, étaient de nature à confirmer cette nouvelle ; enfin les journaux russes, les bulletins officiels et particuliers, annoncèrent que le signalement de Napoléon avait été distribué aux cosaques. Dès lors on ne douta plus qu'il ne fût en effet sans armée ; il cessa de paraître redoutable. On ne vit plus en lui qu'un chef de partisans entouré de quelques soldats découragés, sans moyens pour se recruter, éloigné de quatre à cinq cents lieues de ses frontières, ne pouvant manquer de tomber entre les mains des troupes ennemies qui le cernaient de tous côtés ; l'insurrection à laquelle tous les peuples allemands avaient pris part était sans objet, et l'on cessa de s'en occuper.

Il est à présumer que les principaux chefs, mieux informés que les sous-ordres, n'ignoraient pas qu'il restait à Bonaparte, seulement dans le Nord, assez de force pour prolonger encore la lutte où il était engagé ; mais ils ne purent arrêter le mouvement qu'ils avaient imprimé à l'opinion. Ce ne fut guère qu'après la réunion des débris de l'armée française sur

[1] C'est ce que l'on remarquait particulièrement en Autriche, en Bavière, en Saxe. Un grand nombre d'officiers autrichiens et bavarois passèrent au service de Russie pour l'unique plaisir de se battre contre les Français. En Saxe, il y eut des émeutes populaires, lors même que Napoléon y retourna en 1813, avec une puissante armée : l'on se rappelle les cinq cents Saxons qu'il fit transporter en France comme chefs d'émeutes.

la ligne de l'Elbe, et à la vue des renforts qui se dirigeaient
du Rhin vers la Saxe, qu'ils parvinrent à faire entendre à la
multitude que Bonaparte était encore un ennemi redoutable,
et alors la présence d'une force imposante dans le centre de
l'Allemagne comprimait l'élan des plus hardis.

Tel était l'état des choses lorsque les armées russes franchi-
rent la Vistule et s'avancèrent vers la Silésie.

Alors reparut sur la scène politique l'ex-ministre prussien
que l'influence française avait forcé de chercher un asile en
Russie, et que la *Ligue de la Vertu* reconnaissait pour principal directeur. Personne ne pouvait mieux apprécier que lui la
puissance des innombrables leviers que les chefs secondaires
avaient préparés pendant son absence, ni les faire agir avec
l'ensemble nécessaire pour opérer l'ébranlement projeté. Aussi
dès son arrivée à *Breslau*, vers le mois de février ou de mars
1813, appela-t-il près de lui tous les chefs principaux qui
étaient en Prusse et dans les états voisins. Les uns furent
immédiatement renvoyés dans les foyers dont la direction
leur était confiée, d'autres furent expédiés en Autriche dans
tous les états de la confédération du Rhin, dans les provinces
de la Baltique, etc., etc., pour faire connaître aux adeptes
de toutes les classes, de toutes les communions, que le moment de l'explosion était arrivé.

Je n'ai pas la ridicule prétention de lire dans les secrets des
cabinets; mais il me paraît démontré que l'influence des associations secrètes eut cent fois plus de part que la politique
dans ce concert de défections, dans cet élan universel qui si-
gnala cette époque, et surtout dans les efforts vraiment prodi-
gieux que firent tant de peuples épuisés par dix années de
guerres et de spoliations.

Si l'on pouvait conserver des doutes à cet égard, je rap-
pellerais quelques événements qui suivirent les conférences

de Breslau, ou qui, plus exactement, en furent les résultats.

A peine les chefs de Berlin furent-ils de retour dans leur résidence, que les offres d'argent, de chevaux, d'effets d'habillement, etc., se multiplièrent dans toutes les classes de la société; des corps de volontaires se formèrent pour ainsi dire dans chaque quartier. Les étudiants se firent remarquer par leur empressement à s'enrôler, et par leur exaltation; plusieurs établissements d'éducation, notamment ceux qui étaient dirigés par des sectaires, s'enrôlèrent presque en entier et eurent pour premiers capitaines les directeurs et les chefs de ces établissements, quoiqu'ils fussent généralement aussi étrangers que leurs élèves aux habitudes de la guerre [1].

Au reste, en cherchant à mettre en évidence la part que les associations secrètes ont eue dans cette levée des peuples allemands, mon intention n'est pas d'établir une vérité de fait, qu'il est toujours bon de connaître, mais aussi de prévenir une erreur où doivent nécessairement tomber tous ceux qui n'ont pas été à portée de connaître les instruments cachés mis en jeu par tant d'intérêts divers. Je veux parler de l'opinion qui attribue cet élan des peuples d'Allemagne aux sentiments d'honneur national, et au désir de mettre fin à une guerre qui menaçait leur pays d'une entière dévastation.

Je suis loin de méconnaître l'influence de ces sentiments, mais comme ils ne tiennent que le second rang dans l'ordre des choses qui ont produit de si grands résultats, il me semble important d'insister sur ce point de fait, persuadé que l'opinion contraire pourrait être d'un effet dangereux, en ce qu'elle tendrait à faire méconnaître la puissance réelle des associations.

[1] Un certain docteur J....., chef d'un gymnase, se vit en peu de jours à la tête d'un corps considérable composé d'étudiants. Un prince de G....h y prit du service en qualité de simple volontaire.

Il est très-probable que les chefs de l'illuminisme s'efforcè-
rent à accréditer l'erreur que je combats dans le but de détourner l'attention des cabinets. L'orgueil national seconda
puissamment cette ruse, et la mauvaise police des états allemands contribua aussi à maintenir le gouvernement dans
une fâcheuse sécurité.

Sans doute ce mouvement, si les cabinets ne l'avaient pas
favorisé, eût été moins rapide, moins général, il eût offert
moins d'ensemble; mais leur action s'est bornée pour ainsi
dire à le régulariser.

Ils ont rappelé au commandement des armées, aux emplois
civils, les sectaires que leurs principes avaient fait éloigner,
ou qui étaient démis de leur place par esprit d'opposition à
des époques antérieures. Ils ont mis à leur disposition les
moyens pécuniaires (ou de toute autre nature) dont ils pouvaient avoir besoin pour produire de très-grands effets dans
un très-court espace de temps. Mais là se sont bornés, je le
répète, leurs efforts. Les éléments qui ont agi pendant cette
lutte politique étaient par leur nature tellement indépendants
des cabinets, que sans leur participation, et même contre la
volonté la plus fortement prononcée, ils se seraient mis d'eux-
mêmes en action. Je rappellerai ce qui eut lieu en Prusse
au commencement de 1812 : L'association se sentait si forte
que plusieurs fonctionnaires civils et officiers supérieurs osè-
rent se prononcer ouvertement contre les dispositions du cabinet pour une alliance avec la France, et donner avec éclat
leur démission aussitôt que cette alliance fut conclue.

Mais quelles seront les suites inévitables de cet accord mo-
mentané entre les cabinets et les sectaires? Je réponds qu'il
doit nécessairement en résulter un accroissement énorme de
puissance physique et morale pour ces derniers, et pour tous
les peuples allemands, la conscience de leurs propres forces.

Or, si les cabinets étaient déjà trop faibles avant cette crise pour comprimer l'esprit factieux des sectaires et résister à leur influence, si dès lors ils étaient forcés d'obéir aux impulsions que les sectaires jugeaient convenable de donner au corps politique; comment pourraient-ils résister à leurs attaques, aujourd'hui que les forces de l'association ont fait des progrès incalculables?

OBSERVATIONS [1]

SUR LE

MÉMOIRE RELATIF AUX SOCIÉTÉS SECRÈTES D'ALLEMAGNE.

5 avril 1819.

La société secrète des illuminés qui avait pris naissance en Bavière était principalement dirigée contre l'influence des moines qui, dans ce pays, étaient tout-puissants sous le règne de Charles-Théodore. Weishaupt en était l'instituteur; Zivak, M. de Leiden et un nommé Dellingt furent les principaux chefs. Cette société n'a pu se soutenir que jusqu'en 1786 où Charles-Théodore fit fermer les loges et saisir les papiers. Les chefs et quelques membres peu protégés parmi lesquels on comptait alors M. de Montgelès, furent exilés. Les autres étaient obligés de se rétracter, de faire pénitence et de prêter serment qu'ils n'appartenaient plus à aucune société secrète.

[1] L'impartialité qui préside à la publication de ces documents nous fait un devoir d'imprimer, après le Mémoire qu'on vient de lire, les observations suivantes, qui en rectifient plusieurs erreurs ou exagérations.

Si l'auteur du mémoire sur les sociétés secrètes de l'Allemagne avait connu les papiers saisis sur les illuminés et publiés par ordre du gouvernement bavarois, il aurait eu une tout autre idée de cette secte. Elle a été entièrement extirpée, et il serait impossible à qui que ce fût d'indiquer une seule réunion d'illuminés ou une seule trace positive de leur existence depuis la suppression de l'ordre. En Allemagne, comme dans tous les pays civilisés, il y a eu et il y a encore des amis chauds de la liberté et des institutions libérales. En tous temps les partisans du despotisme les ont accusés de menées clandestines, de projets révolutionnaires et meurtriers ; mais aussi, dans aucun pays, la police la plus active n'a jamais pu découvrir le moindre indice d'une réunion prohibée par la loi et tendant à la subversion de l'ordre existant, dont les vrais amis de la liberté auraient été les auteurs. Ce furent les décrets rendus, les principes proclamés par les premières assemblées législatives en France ; ce fut la conduite généreuse et héroïque des armées républicaines qui a fourni aux généraux français des amis parmi les libéraux de l'Allemagne. Il n'existait d'autre liaison que celle que la conformité des principes et des sentiments établit naturellement parmi les hommes bien pensants de toutes les nations qui s'intéressent aux progrès de la chose publique. Ce qui se passa à la cour de Berlin, sous le règne de Frédéric-Guillaume, n'était autre chose qu'une intrigue des courtisans pour amuser un roi dépravé et pour abuser de son autorité.

Ce que l'auteur du mémoire rapporte sur les idéalistes ne mérite aucune attention. Cette dénomination, qui n'est pas même connue en Allemagne, ne peut être donnée qu'à quelques savants systématiques qui adoptent sur des matières abstraites certaines doctrines. Mais comme société secrète, ou seulement comme secte, les idéalistes ne sont qu'un rêve ou un fantôme des satellites du despotisme qui voudraient rendre suspects jusqu'aux progrès des sciences métaphysiques.

L'auteur du mémoire commet une erreur toute aussi grande quand il prétend que les libéraux en Allemagne, qu'il veut bien honorer du titre d'illuminés, avaient tourné toute leur haine contre Napoléon lors de son avénement au pouvoir. Après la paix de Lunéville toutes les espérances se fondèrent au contraire sur lui, et il n'avait d'autres ennemis en Allemagne que les privilégiés qui venaient de perdre leurs plus belles prérogatives par la sécularisation des principaux, des ecclésiastiques et des chapitres nobles. Ce furent les privilégiés qui influèrent sur le cabinet de Berlin, lors de la guerre de la troisième coalition, et qui forcèrent, d'une certaine manière, le roi de Prusse à armer. Ce furent aussi eux qui provoquèrent enfin la guerre de 1806.

Mais les libéraux se virent bientôt trompés dans leurs espérances. Au lieu de la régénération de la liberté germanique, l'arbitraire monta sur le trône, et Napoléon, sans s'occuper de la situation intérieure de l'Allemagne, ne devint que le chef militaire de ses armées. Alors les ressentiments des privilégiés s'alliaient au mécontentement des armées de la liberté; l'indépendance nationale devint le prétexte pour les mouvements des uns, et la bannière pour le ralliement des autres.

Dans cette situation des choses, M. de Stein, homme essentiellement féodal, fit le projet de la ligue de la Vertu. Son prétexte était de relever le caractère national, de rétablir les mœurs et la religion, mais le but caché était dans l'intérêt de l'aristocratie. Cette ligue devait s'étendre sur toute l'Allemagne avec des formes comme elles ont été usitées de tout temps dans les sociétés secrètes. Le projet fut communiqué à plusieurs personnes et bientôt connu dans la grande masse des mécontents en Allemagne. Le roi de Prusse et la famille royale promirent d'y accéder.

Napoléon eut bientôt connaissance de ces menées. M. de Stein fut exilé et le projet de la Ligue de la Vertu n'eut jamais d'exécution, de sorte que cette ligue n'a pas existé matériellement. Ni rassemblement des membres, ni chefs secrets et ostensibles ne furent jamais connus; mais le seul projet avait électrisé les esprits. L'oppression militaire ainsi que les persécutions de la police de Savari et du prince d'Ekmülh, dirigées contre cette ligue imaginaire, et provoquées sans doute par de faux rapports, montèrent les esprits jusqu'à l'exaltation. Une union morale pour l'indépendance nationale se forma sans ligue visible, et ce fut cette union qui produisit les merveilles qu'on voudrait attribuer aux faibles intrigues d'une société secrète, aux menées d'une faction révolutionnaire. Napoléon connaissait la vraie situation des choses eu égard à la Ligue de la Vertu, sans cependant connaître la force morale qui s'était réveillée en Allemagne. Il traita toujours cette ligue en chimère et n'en parla qu'avec mépris [1].

Aussi n'a-t-on plus entendu parler d'elle après le départ des armées françaises du sol de l'Allemagne. Rien n'annonçait la marche d'une faction puissante dans les ténèbres, et son influence dans les transactions multipliées qui eurent lieu en France et à Vienne; seulement quelque temps après la réunion de la diète germanique à Francfort, où l'on commençait à s'apercevoir que les espérances pour l'unité nationale, pour la restauration de la liberté germanique, seraient déçues, l'esprit qui avait présidé à l'affranchissement de l'Alle-

---

[1] J'en ai eu la preuve matérielle dans un entretien que j'ai eu avec Napoléon, à Erfurt, après la bataille de Leipsick.

magne se réveilla sur la Wartbourg, se consolida après par la ligue teutonique, et prit un caractère révolutionnaire.

Je finirai ces observations par une réflexion puisée dans le caractère national des Allemands et dans leur histoire. Jamais les sociétés secrètes en Allemagne ne revêtirent un caractère politique que contre l'oppression; elles quittèrent ce caractère toutes les fois que le règne de la loi et de la liberté fut rétabli. Lors de l'oppression féodale dans le treizième et dans le quatorzième siècle, époque où les nobles exerçaient le droit du poing ou du plus fort, où leurs châteaux étaient des repaires de brigands, où le bourgeois et le paysan étaient sans cesse exposés au meurtre et au pillage, les tribunaux secrets rendirent une justice sévère et prompte contre les malfaiteurs qu'ils purent atteindre, justice qu'il fut alors impossible d'obtenir du gouvernement. Mais lorsque l'empereur Maximilien eut puni quelques grands coupables, qu'il eut détruit leurs châteaux et publié le fameux édit de la paix publique (Landfrieden), les tribunaux secrets disparurent à jamais. De même l'illuminisme était dirigé contre l'oppression monacale. Après la suppression des couvents il ne fut plus question de lui. La Ligue de la Vertu, quoiqu'elle n'ait existé que moralement, combattit l'oppression étrangère. Après sa fin il eût été naturel qu'on n'eût plus entendu parler de cette ligue, mais des espérances déçues l'ont fait revivre dans la ligue teutonique

✳

RAPPORT

SUR

LA SITUATION DES SOCIÉTÉS SECRÈTES AU MOMENT DE L'ASSASSINAT DE KOTZEBUE.

———

La fin tragique de M. de Kotzebue est un événement dont les suites sont peut-être incalculables, si on le considère sous le rapport de la situation politique et morale actuelle de l'Allemagne. Dans mon rapport, que j'ai eu l'honneur de soumettre à votre excellence, lors de mon retour de *** à Paris, j'ai déjà parlé des sociétés secrètes qui subsistent dans les universités de l'Allemagne; de leur but, de leurs sympathies et antipathies, et surtout de cette association générale ou teutonique qui était commune à toute l'Allemagne, sans égard aux différentes dominations auxquelles ce pays est sujet.

Depuis, comme dans toutes les sociétés secrètes qui ont

agité l'Europe, des fausses interprétations, des calomnies, et l'exagération de l'esprit de caste et de parti ont affermi le lien qui unit la jeunesse allemande, au lieu de l'ébranler. Déjà, après la fête de la Wartbourg, les professeurs d'Iéna, qui en étaient les directeurs, proposèrent pour une association teutonique, aux étudiants qui avaient assisté à cette fête, des statuts qui devaient être communs à toutes les universités de l'Allemagne. Après plusieurs dispositions de discipline très-sages, parmi lesquelles l'on peut citer l'abolition des duels entre les membres associés, et l'institution d'un tribunal d'honneur pour vider les querelles et appliquer les étudiants à l'étude, ces statuts·réunissaient les différentes associations partielles en une seule corporation régie par les mêmes lois, et une administration centrale. Les jeunes gens s'engagent formellement à courir sous les armes en cas que la liberté et l'indépendance de l'Allemagne soient menacées de nouveaux dangers; ils promettent d'être toujours prêts au premier appel et de fréquenter à cet effet, autant que possible, les salles d'armes. Le 18 octobre de chaque année, jour anniversaire de la bataille de Leipsick, une réunion générale doit avoir lieu.

Ces statuts ont été soumis à l'approbation du grand-duc de Weimar, sous la domination duquel Iéna se trouve; cette approbation a été donnée sans restriction : le grand-duc témoigne seulement le désir qu'on ne fasse plus de fête à la Wartbourg, parce qu'il en avait eu trop de désagréments. Pour se conformer à ce désir, la réunion générale eut lieu l'année dernière à Iéna, le 18 octobre; plus de deux mille députés des différentes universités, parmi lesquels on comptait aussi des étudiants de Riga, signèrent en leur nom et au nom de leurs commettants les statuts de l'association teutonique.

De retour dans leurs universités respectives, les députés reçurent le serment de leurs commettants pour les statuts qu'ils venaient de signer, et l'on comptait alors déjà plus de seize mille jeunes gens réunis dans une seule association et bien disposés à défendre la liberté et l'indépendance de l'Allemagne contre tout agresseur.

Dans ces entrefaites parut le fameux mémoire de M. de Stauren. On avait la certitude que ce mémoire avait été rédigé sur des données fournies par M. de Kotzebue. La jeunesse allemande sentit fort bien que le coup partait du point le plus dangereux pour l'indépendance de l'Allemagne, et qu'il était dirigé contre la seule institution nationale qui avait su se conserver dans la décadence générale de la nation allemande, et qui venait aussi de se régénérer, la première, après l'élan que cette nation avait repris, mais sans la coopération des gouvernements respectifs, et peut-être malgré eux. Il fut donc naturel que les esprits s'exaspérassent, que l'association teutonique prît une couleur toute politique, et qu'elle cherchât à se fortifier dans ses institutions et à s'étendre dans les autres classes de la société.

Il paraît que cette association n'a que trop bien réussi dans son entreprise; au moins est-il certain qu'elle a des ramifications parmi les jeunes militaires allemands, et qu'elle compte beaucoup sur eux en cas de besoin. Il paraît aussi qu'au commencement des vacances de Pâques de cette année, il s'est tenu une réunion des chefs dont l'événement déplorable qui a eu lieu à *** fut un résultat, ainsi que le cartel qui fut envoyé à M. Stauren.

Sand était à Iéna avant son voyage à Mannheim; il était connu pour un des chefs de l'association teutonique. Je pris des renseignements positifs sur sa personne : il avait fait d'excellentes études et passait pour une des meilleures têtes de l'Allemagne ; son caractère était énergique, mais plutôt romanesque et doux que violent et sanguinaire ; son amour de la liberté était nourri par une grande érudition dans les auteurs classiques et par une profonde connaissance de l'histoire. Il jouissait d'une considération générale parmi ses condisciples, et était l'arbitre dans leurs différends. On fondait de grandes espérances sur lui, et on le croyait appelé à de hautes destinées.

Avec ces dispositions, et dans la situation morale et politique actuelle de l'Allemagne, ce malheureux criminel ne pouvait-il pas se rappeler que Guillaume Tell avait fondé la liberté de la Suisse par l'assassinat de Gessler? que Charlotte Corday s'était vouée à la mort pour débarrasser la société de Marat? L'exagération que l'homme sensé trouverait sans doute dans ce rapprochement, ne faudrait-il pas l'attribuer à la jeunesse de l'assassin? n'appartiendrait-elle pas au temps où il vécut et aux hommes qui influaient sur lui.

Au reste, l'action de Sand, d'après les circonstances que je viens d'exposer et dont je puis garantir l'authenticité, augmente de beaucoup l'intérêt que l'Allemagne présente depuis deux ans à l'observateur et à l'homme d'état. Sans vouloir empiéter sur les événements, j'ai cru de mon devoir de mettre sous les yeux de votre excellence les faits qui peuvent avoir tenu à cette action. Ami de la liberté et de ma patrie, je n'ai pas hésité d'en parler avec franchise et sans craindre les fausses interprétations d'un ministre éclairé qui doit être convaincu que les dangers qui menacent l'indépendance de l'Allemagne sont communs à la France, et que la force morale renaissant en Allemagne deviendra un boulevard inexpugnable contre ces dangers communs.

COURT EXPOSÉ

DE CE QU'ONT PRODUIT JUSQU'A CE JOUR LES ENQUÊTES
RELATIVES A L'AFFAIRE DE SAND.

Carlsruhe, 25 juin 1819.

Les résultats obtenus, tant par les recherches soigneuses
de la commission d'état qui a été chargée de prendre connaissance de l'assassinat commis sur la personne de M. de Kotzebue par l'étudiant Sand, que par celles qu'ont faites à Iéna,
et principalement à Giessen, les commissions territoriales
qui ont pareillement été nommées en conséquence, les pièces
que le gouvernement badois leur a communiquées, font voir
combien on avait été fondé à attacher dès le premier moment
la plus haute importance à cet événement. Le dépouillement
des actes sera bientôt terminé, et déjà il jette un grand jour
sur plusieurs circonstances du moment et sur plusieurs faits
précédents qui étaient jusqu'ici restés sans explication. Il
donne de plus, relativement à l'esprit qui s'est emparé d'une
grande partie de la jeunesse allemande, surtout dans les universités, des éclaircissements tels qu'il n'est plus possible de
se faire illusion sur les suites qui en sont déjà résultées, ni
sur celles qui en résulteront encore.

C'est à cet esprit qu'il faut attribuer la formation de ces
associations secrètes, dont les dernières recherches ont fait
découvrir l'existence et dévoilé la tendance perturbatrice,
nous donnant par là la mesure de ce que nous aurions à attendre de l'avenir, si la génération destinée à nous remplacer
était élevée dans les mêmes principes, et si, après avoir été

journellement exaltée jusqu'au délire, par des professeurs et par des écrivains dangereux, elle partait d'une telle éducation pour entrer sérieusement dans la carrière de la vie.

Depuis longtemps on reconnaît (mais on n'en est pas encore venu jusqu'à la mettre en pratique) la nécessité de réviser l'organisation actuelle des grandes écoles, les bases de l'instruction en général, enfin les règles et les principes auxquels les professeurs doivent être astreints dans leurs leçons tant publiques que particulières : aujourd'hui cette nécessité doit s'offrir à la pensée de tous les gouvernements comme un devoir commun, comme un devoir pressant ; et le dernier événement en fait d'autant mieux sentir l'urgence, qu'il est une preuve parlante et un résultat certain de la dégénération des écoles.

En effet, si les premières dépositions de Sand semblent présenter peu d'intérêt, si l'on n'y trouve aucune preuve concluante qu'il ait eu des complices de son crime, ou qu'il en ait communiqué le projet, elles font voir du moins comment ce jeune homme qui, au rapport de ses parents, de ses amis et de ses premiers maîtres, était modeste, timide, et qu'il fallait sans cesse encourager, peu à peu (grâce aux doctrines obscures et dangereuses de quelques hommes de grande réputation comme littérateurs, grâce surtout à la fréquentation contagieuse des chevaliers de la Wartbourg, des champions de l'ultra-germanisme [1] et de la confrérie universitaire) est par-

---

[1] J'ai rendu le mot *teutonia* par *ultra-germanisme*, afin d'être compris par des lecteurs français. *Teutonia* est le cri de guerre de tous ces jeunes fanatiques qui voudraient redevenir Teutons, et dont le but principal est de ramener l'Allemagne à l'unité. J'ai traduit *burschenschaft* par *confrérie universitaire*. Depuis la fête de Wartbourg, les étudiants, qui jusque-là avaient vécu en coteries très-distinctes, formées des jeunes gens du même pays, comme Prussiens, Saxons, Badois, etc., ont imaginé de réunir ceux de toutes les universités dans une seule confrérie générale, qu'ils ont appelée

venu au degré de perversité qui a fait de lui un assassin! Elles fournissent aussi matière à de sérieuses réflexions sur l'état présent des grandes écoles et sur le détestable esprit de beaucoup de professeurs, qui laissent de côté les objets purement scientifiques pour se jeter dans une politique dépravée. Enfin elles indiquent clairement la source de toutes les maximes corruptrices dont, hélas! les effets ne se font que trop apercevoir.

Mais si les dépositions de l'étudiant Sand sont déjà précieuses sous ce rapport, combien ne doivent-elles pas le paraître davantage quand on pense que c'est à elles que l'on doit les découvertes qui, en ce moment, sont l'objet des plus intéressantes recherches, surtout à Giessen.

C'est à Giessen que la commission spéciale, qui a été nommée par suite de ces mêmes dépositions (communiquées par le gouvernement de Bade), est parvenue, suivant ses rapports, à découvrir sous le nom de *société noire* une association secrète dont un de ses membres a ainsi expliqué le but.

« L'Allemagne doit former un seul état et une seule église
« chrétienne. Il est de première nécessité de répandre des
« idées de liberté parmi le peuple. Il faut que tous ceux qui,
« dans les différents états de l'Allemagne, prennent en main
« les intérêts du peuple, se rapprochent et se concertent, et
« qu'ensuite, au moyen de plénipotentiaires pris dans leur
« sein, et distincts des envoyés des puissances, ils agissent
« avec force près de la confédération germanique. »

burschenschafft, et que l'on pourrait rendre par *confrérie des gars*. C'est dans cette *burschenschafft* que se trouvent tous les cerveaux exaltés qui ont mis presqu'en danger le repos de l'Allemagne. Dans plus d'une ville, le cri : *A moi les gars! (Burschen heraus!)* met sur pied toute la jeunesse du lieu.

Or, on sait qu'un projet de constitution, conforme à ce plan, a été proposé et discuté dans l'hiver de 1817 à 1818, chez un certain docteur Follenius, dans une réunion d'affidés.

Une association du même genre doit s'être formée à Iéna, quoique Sand ait persisté jusqu'à ce présent à nier obstinément le fait. Il convient seulement qu'il y a existé une société purement littéraire, et il en a même fait connaître plusieurs membres, mais toujours avec l'observation *qu'il était et ne pouvait être question que de cette espèce de société*. Cependant la lettre de Sand à ceux qu'il appelle *ses amis* (communiquée le 3 avril dernier), cette lettre rapprochée de son autre écrit à la confrérie universitaire (*burschenschafft*); et surtout l'écrit (communiqué le 15 avril), d'un certain Sartorius, qui s'est trouvé aussi compromis par les nouvelles recherches, font trop clairement voir les objets que l'on discutait et les mesures que l'on se proposait dans ces réunions; ils coïncident trop bien avec les dépositions des étudiants de Giessen pour ne pas faire soupçonner un but caché et important à cette prétendue *société littéraire* de Iéna.

Sartorius, en effet, s'exprime ainsi :

« Il ne s'agit en apparence que de poursuites littéraires, « mais si quelqu'un y cherche quelque chose de plus, qu'il « vienne et qu'il voie. »

Les précautions que prenaient ces jeunes gens pour éviter que l'on ne portât trop tôt un œil attentif sur leurs menées sont prouvées, entre autres, par une lettre trouvée chez un certain docteur Seebold, membre à la fois de la *société des noirs* et de la soi-disant *société littéraire*. Suivant cette lettre, un des initiés devait être dépêché à Darmstadt pour prévenir le mauvais effet qu'aurait pu produire une exposition prématurée de leurs principes, faite devant une assemblée tenue à la Starkenbourg, et où se trouvaient plusieurs personnes non initiées.

On voit par cette même lettre que rarement ils se confiaient à la poste, mais qu'ils avaient des affidés (*wissende*[1]) qui couraient le pays pour porter leurs messages.

Il est bon aussi de remarquer « que Sand a dit au sujet du « professeur Fries à Iéna, qu'*eux* (les membres de la *société* « *littéraire*) avaient eu chez lui (Fries) des entretiens sur « des *questions philosophiques d'une grande profondeur*, et « que souvent ils l'avaient consulté sur les objets dont *ils* « étaient occupés. »

Au surplus les dépositions de l'étudiant Sand font encore naître le soupçon que quelques-uns de ses amis d'Iéna pourraient bien avoir indirectement participé à l'assassinat pour l'avoir su et ne l'avoir pas empêché. On fait à ce sujet des recherches qui ne sont pas encore achevées.

Il s'était précédemment passé à Iéna plusieurs circonstances auxquelles il est infiniment regrettable que l'on n'ait pas donné toute l'attention que l'on aurait dû. Deux professeurs de cette ville ont déposé qu'un certain docteur, qu'ils ont nommé, il y a plus de six mois, avait laissé entendre que plusieurs étudiants de la confrérie dite *burschenschafft* composaient entre eux une *société secrète* dont le mot d'ordre était : *Mort aux tyrans*, et qui avait son lieu de rassemblement chez un de leurs professeurs. L'importance qu'il y aurait eu à faire sur-le-champ usage de cette révélation n'a été que trop prouvée par les dernières découvertes, qui non-seulement confirment le fait, mais qui donnent lieu à l'horrible soupçon que déjà ces forcenés avaient dressé des listes de proscription où se trouvait, entre autres, le nom de S. A. R. le grand-duc de Hesse.

---

[1] *Wissende* (*qui savent, qui sont du secret*) est une expression consacrée, et qui remonte aux temps du tribunal secret.

Cette confrérie universitaire (*burschenschafft*) paraît avoir été l'école où l'on éprouvait les étudiants et d'où l'on tirait ceux que l'on jugeait dignes d'être admis dans une classe plus choisie et ignorée du plus grand nombre. Les autres, à la vérité, ne connaissaient que vaguement les projets sinistres et criminels de l'association particulière qui dirigeait tout, et qui ne laissait percer ses desseins qu'avec réserve et lenteur ; mais ils n'en dévoraient pas moins avec avidité des leçons et des doctrines dont l'effet infaillible devait être d'égarer sans retour une jeunesse déjà si facile à émouvoir.

Des maximes en effet comme celle d'un certain S........ : « que tout homme a droit de faire tout ce qu'il croit juste, » (maxime dans laquelle Sand nommément a voulu chercher sa justification), et d'autres également sorties de la bouche de certains professeurs, ne pouvaient manquer de faire une impression durable sur de jeunes esprits qui , trompés par de grandes réputations littéraires , donnaient une confiance aveugle à ceux qui les leur prêchaient. Il est de même évident que le complet développement du système des initiés serait rapidement parvenu à sa maturité, puisque, suivant le cours naturel des choses , la plupart de ces jeunes gens auraient, sous peu d'années, occupé les places les plus importantes.

Un passage de la lettre de Sand à *ses amis* (amis dans le sens qu'il attache à ce mot), semble se rapporter à cette époque à venir. « Il faudra, dit-il, tenir en réserve ceux qui au- « ront quelque autorité sur le peuple, pour que, lorsque le « pays aura été affranchi , on ne se trouve pas privé des hom- « mes les plus capables d'achever et de perfectionner l'œu- « vre. »

A l'égard des moyens qu'ils se proposaient d'employer pour arriver à ce prétendu perfectionnement, les passages suivants, tirés des *album* qui ont été trouvés parmi les papiers saisis à Iéna, peuvent en donner une idée. On y lit entre autres :

« Nous nous reverrons ! Quand la fumée s'élèvera des mon-
« tagnes, alors, brave *Rakété*[1], ton ami, ton frère, le bras
« retroussé, te tendra de nouveau la main.   SEEBOLD. »

Et plus loin :

« Contre l'arbitraire des gouvernements, le peuple goûte
« le conseil d'Hippocrate contre les cancers : quand les re-
« mèdes ne guérissent pas, dit-il, on guérit par le fer; et ce
« que l'on n'obtient pas du fer, on l'obtient du feu. »

Il est à croire que désormais tous les doutes cesseront, qu'un fanatisme politique, déjà parvenu à ce degré, sera regardé comme un danger imminent pour le repos de l'Allemagne et même de l'Europe, et que l'on sentira le besoin de s'y opposer énergiquement. Il encore possible d'en arrêter les progrès : encore quelques années, et on ne le pourra plus, si tous les gouvernements ne prennent pas, de concert, des mesures efficaces pour en fermer la source; et la source en est principalement dans la dégénération des grandes écoles.

Il ne s'agit pas de gêner la liberté de l'enseignement, mais de le ramener à sa première institution, de le borner aux sciences, de le purger de tout ce vicieux mélange de politique; et, pour le maintenir dans sa pureté, il est nécessaire que les professeurs soient soumis à une responsabilité sévère pour leurs leçons, leurs écrits et toute leur conduite.

---

[1] *Rakété* paraît être un nom de guerre. *Brave* est mis pour *ungebleichter*, qui proprement veut dire, *non blanchi*, *écru*. — *Le bras retroussé* : cette expression équivaut presque à celle d'*un poignard à la main*. Il n'est pas rare que les Allemands au moment du combat, et surtout d'un combat corps à corps, se retroussent le bras jusqu'au coude. Le jour de la bataille de Rosbach, le prince de Saxe-Hilburghausen avait le bras retroussé de cette manière.

Que tous les gouvernements d'Allemagne se réunissent franchement, qu'ils consultent entre eux, et qu'après un mûr examen, ils introduisent dans tous les établissements d'instruction publique, non pas une amélioration vaine et passagère, mais une amélioration effective et fondée sur de bons principes. C'est ainsi qu'ils arrêteront les suites fâcheuses que des mesures isolées ou mal conçues ne manqueraient pas d'aggraver au détriment de l'intérêt de tous. Ce sera ensuite du travail de la commission établie à Francfort, pour réviser l'organisation des universités, que dépendra principalement la question de savoir si de sages résolutions, prises de concert, parviendront à asseoir sur des bases solides le repos et la sûreté publique.

LÉO BURCKART,

DRAME EN CINQ ACTES.

4

PERSONNAGES.	*ACTEURS.*
LÉO BURCKART.	MM. Mélingue.
LE CHEVALIER PAULUS.	Raucourt.
LE PRINCE FRÉDÉRIC-AUGUSTE.	Surville.
FRANTZ LEWALD.	Lajariette.
DIÉGO.	Tournan.
ROLLER.	E. Dupuis.
FLAMING.	Armand.
HERMANN.	Hyppolyte.
LE ROI DES ÉTUDIANTS.	Ch. Cabot.
LE COMTE DE WALDECK.	Marius.
LE PROFESSEUR MÜLLER.	Héret.
L'HOTE DU SOLEIL D'OR.	Vissot.
LE PRÉSIDENT.	Werner.
LE CHAMBELLAN.	Auguste.
PREMIÈRE SENTINELLE.	Marchand.
DEUXIÈME SENTINELLE.	Eugène.
KARL.	Frédéric.
MARGUERITE.	Mmes Théodorine.
DIANA.	Edelin.

Étudiants, Soldats, Paysans, Membres du Tribunal, Invités, Dames de la Cour, etc.

La scène se passe en 1819, dans une des principautés de l'Allemagne.

PROLOGUE.

PROLOGUE.

Un salon dont les fenêtres donnent sur les bords du Mein,
à Francfort.

SCÈNE PREMIÈRE.

DIANA, FRANTZ LEWALD, un Domestique.

DIANA, entrant, accompagnée de Frantz.

M. le professeur Muller est-il ici? pouvons-nous le voir?

LE DOMESTIQUE.

Madame, il est sorti depuis longtemps; et M. le docteur Léo Burckart l'a accompagné dans sa promenade.

FRANTZ.

Nous reviendrons.

DIANA.

Mais madame est chez elle, n'est-ce pas?

4*

LE DOMESTIQUE.

Madame s'habille pour aller au spectacle; ces messieurs doivent venir la reprendre, et elle ne recevra personne avant leur retour.

DIANA.

Elle y est pour nous, soyez-en sûr; nous sommes des voyageurs, et nous en avons les priviléges : avertissez-la, dites-lui que seule je serais entrée chez elle, mais que je lui amène un ancien ami.

Le domestique sort.

FRANTZ.

Un ancien ami, dites-vous? Hélas! c'est affaiblir le mot d'ami que de le rattacher au passé! Cet homme ne nous connaît pas : les vieux serviteurs sont morts ou renvoyés. La maison n'est plus la même, voyez-vous! et si je ne retrouvais là sous les croisées cette délicieuse vue des bords du Mein qui nous a fait rêver tant de fois; les montagnes, les eaux, la verdure, les choses de Dieu que l'homme ne peut changer; eh bien! je ne saurais à quoi rattacher ici mes souvenirs... Le salon a pris un air tout moderne, les vieux meubles ont disparu, avec le souvenir des vieux parents peut-être, et des anciens amis, sans doute.

DIANA.

Homme injuste! Croyez-moi, les femmes n'oublient que ce qu'elles ont besoin d'oublier! Depuis une semaine que je suis à Francfort, j'ai vu Marguerite tous les jours, je l'ai retrouvée ce qu'elle était, ma meilleure amie; et quant à vous, qui avez les mêmes titres que moi à son affection, des souvenirs communs, des relations de famille plus rapprochées encore... je pense que vous ne lui avez donné nulle raison de réserve ou de froideur?...

FRANTZ.

Oh! jamais.

DIANA.

Je viens de passer quatre ans en Angleterre, et depuis trois ans vous avez parcouru l'Italie; mais vous êtes resté à Francfort une année entière après mon départ... Vous vous êtes quittés sans regrets, sans larmes?...

FRANTZ.

Sans larmes, mais non sans regrets! J'avais le cœur serré, madame, je vous jure; et son père pleurait en embrassant un élève chéri, qu'il n'espérait plus revoir! Mais elle, pourquoi eût-elle versé des larmes? nous étions presque enfants tous les deux... et notre attachement n'était que de l'habitude...

DIANA.

Mais Marguerite est bien changée, je vous en préviens ; à son âge, ces transformations-là se font vite ; ce n'est plus la même femme, en vérité : et moi-même, à la soirée d'un sénateur où nous nous sommes retrouvées d'abord, je ne l'ai reconnue que la dernière ; et je me demandais un moment avant quelle était donc cette belle personne qui venait à moi. D'ailleurs, si votre cœur est paisible, je réponds aujourd'hui du sien. Celui qu'elle a épousé est un homme fort distingué ; noble de cœur, sinon de naissance, jeune encore, et qu'elle paraît aimer beaucoup. Quant à la position qu'il occupe dans le monde...

SCÈNE II.

Les mêmes, MARGUERITE.

LE DOMESTIQUE, à Marguerite qui entre.

Voici les deux personnes qui attendent madame.

MARGUERITE.

Diana! que tu es bonne d'être venue!... Monsieur...

DIANA, à Frantz.

Quand je disais que vous auriez peine à vous reconnaître.

MARGUERITE.

Frantz Lewald!

FRANTZ.

Mademoiselle... madame...

DIANA.

Ne vois-tu pas que monsieur porte les cheveux longs, la barbe, tout le costume romanesque des frères de la Jeune Allemagne.

MARGUERITE.

En effet; cela vous change beaucoup, monsieur Lewald. Mon Dieu, que mon père sera heureux de vous revoir, et combien mon mari nous remerciera de vous présenter à lui... Oh! il vous connaît par vos lettres déjà! Il vous a jugé, monsieur...

FRANTZ.

Vraiment?

MARGUERITE.

Et je ne vous cacherai pas que c'est un juge sévère; mais sa sympathie vous est acquise d'avance.
Léo est un homme grave, un esprit sérieux, qui
aime l'enthousiasme dans les jeunes âmes, comme
nous aimons, nous, la folle gaieté des enfants.

FRANTZ.

Allons, vous allez me le faire trop vieux; et me
supposer trop jeune.

MARGUERITE.

Je ne dis pas cela. Il a peu d'années de plus que
vous; mais c'est un philosophe, un politique profond; bien des gens ici l'admirent, moi, je l'aime,
voilà tout... Mais je ne vous parle que de moi, que
de lui : pardon ; c'est aux voyageurs qu'il faut demander compte de leur vie, de leurs espérances,
et surtout de leur oubli !

DIANA.

Et pourtant nous voici près de toi. Mais n'est-ce
que le temps et l'éloignement qui séparent les cœurs?
nous sommes libres encore, et tu ne l'es plus : je ne
puis me faire à cette pensée !

FRANTZ.

Ah ! vous serez toujours son amie la plus chère ;

mais, quant à moi, je dois me contenter de la savoir heureuse. Je ne fais que passer à Francfort, d'ailleurs; je n'ai voulu que revoir des personnes et des lieux chers à mon souvenir. Mais ce réveil des choses passées n'est pas sans tristesse et sans danger. Hier soir, je ne sais quel vague sentiment de malheur m'attendrissait l'âme. Je parcourais dans une agitation fiévreuse ces nouveaux jardins qui entourent la ville; je suivais les bords du fleuve que la brume commençait à couvrir; je retrouvais nos promenades chéries, les sombres allées, les statues, et cette salle aux blanches colonnes où nous allions danser si souvent; des rires joyeux, de ravissantes harmonies venaient à moi comme autrefois, et semblaient s'exhaler au loin des sombres masses de verdure... Un instant même je distinguai la mélodie d'une certaine valse de Weber... qui me rappela tout à coup tant de douces impressions de jeunesse, que je me mis à pleurer comme un enfant!

MARGUERITE, souriant.

Je suis sûre que notre ami Frantz Lewald aura laissé ici, quand il fut forcé de partir, quelque passion bien romanesque, bien poétique... et c'est d'une trahison qu'il souffre, c'est une infidèle qu'il pleure...

FRANTZ.

Non, madame! personne ne m'a jamais rien promis! Suis-je capable d'aimer seulement? je n'en sais
rien : si j'aimais, je crois que ma passion serait grande
comme le monde et vague comme l'infini! N'est-ce
pas dire assez que ce n'est point à des créatures
mortelles que s'adresserait mon désir; mais à de
saintes idées, à des abstractions mystiques de religion, de gloire, de patrie, qui ont été les premiers
germes de mon éducation, et vers lesquelles s'est
tourné le premier éveil de mon cœur?

DIANA.

Il finira sous la robe d'un moine ou sous la toge
d'un Romain!

FRANTZ.

Hélas! tout cela est bien ridicule à dire, j'en conviens; je n'aurais pas dû parler ainsi devant des
femmes : mais pardonnez-moi, vous si bonnes et
si indulgentes toujours! en vous retrouvant, je n'ai
pu résister à cette longue effusion de pensées longtemps contenues; et je vous le dis, j'ai honte de
vous ouvrir ainsi mon cœur froid à l'amour et tout
de flamme aux rêveries. Que voulez-vous? c'est à
demi la faute de l'éducation, à demi la faute du
temps. Ce siècle, qui ne compte pas encore vingt an-

nées, s'est levé au milieu de l'orage et de l'incendie. La guerre rugissait autour de nos berceaux, et nos pères absents revenaient par instants nous presser sur leur sein, tantôt vainqueurs, tantôt vaincus et consternés! La passion politique, qui d'ordinaire est une passion de l'âge mûr, nous a pris, nous, même avant l'âge de raison; et nous lui avons sacrifié tout; les douces joies de l'enfance, les folles ardeurs du premier sang; nous l'avons retrouvée plus tard encore dans l'étude et dans la famille; et le jour où nos bras furent assez forts pour lever un fusil, la patrie nous jeta tout frémissants sous les pieds des chevaux, au milieu du choc des armures. Oh! maintenant qu'un calme plat a succédé à tant d'orageuses tourmentes, étonnez-vous que nous ayons peine à nous remettre de ces efforts prématurés, et que nous n'ayons plus à offrir aux femmes qu'une âme flétrie avant l'âge, et des passions énervées déjà par le doute et par le malheur.

MARGUERITE.

Pauvre Lewald! ce sont les peines les plus vraies celles-là que l'imagination agrandit, mais aussi les plus faciles à combattre, car le remède est tout près du mal. Mon mari fut longtemps ce que vous êtes. Il m'a confié ses chagrins d'une époque qui n'est pas encore éloignée; et quand il s'animait à me faire ses confidences, il me causait l'impression que vous venez d'éveiller en moi tout à l'heure. Vous le verrez, Frantz, vous serez un jour son ami peut-être, et il vous dira comment il a fait pour devenir un homme sage, et j'ose dire, un homme heureux.

FRANTZ.

Mais il ne pourra me donner que des conseils, et l'ange secourable qui l'a guéri ne peut avoir pour moi les mêmes consolations.

MARGUERITE, allant vers la fenêtre.

Tenez, le jour tombe tout à fait; mon père et mon mari vont rentrer dans un instant... ils marchent toujours gravement, en discutant quelque point de politique ou d'histoire; nous les apercevrons de loin, et il faudra bien qu'ils pressent le pas en me voyant leur faire signe. Ah! quelle heureuse soirée nous allons passer!... une de nos bonnes réunions de famille d'autrefois!

FRANTZ.

Madame...

MARGUERITE.

Point d'importuns; toute la ville est à la repré-

sentation du nouvel opéra... Moi, j'avais une loge;
tenez, voilà le coupon déchiré.

FRANTZ.

Oh! mille pardons, madame : si j'étais pour
quelque chose dans ce sacrifice, je vais le reconnaître bien mal. Je suis forcé de me rendre à une assemblée... où j'ai été convoqué par une lettre pres-
sante.

MARGUERITE.

Eh bien! faites de votre lettre ce que je viens de
faire de mon billet.

FRANTZ.

Je suis honteux en vérité; je n'aurais pas dû vous
rendre visite, ayant si peu de liberté ce soir.

MARGUERITE, souriant.

Mais cela est impossible ainsi; et je ne saurais
que dire à mon mari. Un jeune homme est venu me
voir moi seule, et n'a pas attendu que je pusse le
lui présenter.

DIANA.

Vous nous compromettez toutes deux à la fois,
et moi d'abord qui vous ai amené.

FRANTZ.

Diana ! dites seulement mon nom à mon vieux professeur ; et vous, madame, soyez assez bonne pour m'excuser auprès de M. Burckart, auquel j'aurai l'honneur de rendre visite demain. Et faut-il tout vous dire ?... c'est à une réunion politique que je suis convoqué. Si j'y manque, je suis coupable, et je puis être soupçonné de trahison.

MARGUERITE.

Grand Dieu ! vous, Frantz, vous vous mêlez à ces sombres entreprises ?

FRANTZ.

Nos projets n'ont rien d'obscur ; et les princes n'oseraient dissoudre ces associations puissantes, qu'ils ont eux-mêmes convoquées jadis. Tous les jours à cette heure, dans cette ville comme par toute l'Allemagne, nos frères, étudiants, vieux soldats et proscrits, soit dans leurs lieux de réunion des villes, soit le long des chemins, ou bien sur les collines, où ils montent pour voir coucher le soleil, s'abordent, se serrent les mains, et demandent où est la lumière. Alors, l'un d'eux fait un signe, et les frères s'agenouillent, le front tourné vers l'Orient qui s'assombrit !... puis quand selon la formule de notre langage mystique, l'heure des confidences a sonné, alors on discute les intérêts de la patrie, on se rend compte des espérances de l'avenir, et chacun apporte sa flamme au foyer qui doit tout régénérer un jour !

DIANA.

Mais cela doit être fort intéressant et fort solennel ; et l'on m'a tant parlé de ces assemblées de la Jeune Allemagne, que me voilà fort heureuse de connaître un des affidés, ou des voyants... c'est là le terme, je crois...

FRANTZ.

Ne riez pas, Diana ! et dites plutôt aux nobles personnages dont vous êtes la parente ou l'amie qu'il est temps pour eux de se rallier à nous ; car les indifférents seront nos ennemis quand le grand jour sera venu. Adieu, mesdames, adieu... Pardonnez-moi si je vous ai apparu tout autre que je n'étais jadis... Oh ! Dieu sait si nous retrouverons encore une heure pareille de confiance et d'abandon !

Il leur baise la main et sort. Un domestique apporte des flambeaux.

SCÈNE III.

DIANA, MARGUERITE.

MARGUERITE.

Diana! je tremble; tout ce qu'il nous a dit m'é-
tonne et me consterne à la fois. Mon Dieu! quel
est donc ce souffle de révolte et de colère qui
ébranle tous les esprits comme un vent d'orage?...
Tiens; pendant qu'il nous parlait, sa pensée s'u-
nissait dans mon esprit à celle de mon mari, de
Léo. Il a de même de certains moments d'exaltation qui m'effraient, des idées non moins étranges!
Hélas! qu'allons-nous devenir, nous autres pauvres
femmes, qui ne comprenons rien à tout cela, au
milieu de ces hommes préoccupés si tristement, à
un âge où leurs pères ne pensaient qu'à l'amour et
au bonheur?

DIANA.

Rassure-toi, ma bonne Marguerite; Frantz est un
enthousiaste, tu le sais bien. Ces sociétés dont il
parle sont d'autant moins dangereuses, que presque tous les Allemands en font partie; car on ne
sort pas d'une université sans avoir fait quelque

beau serment à la manière antique sur un innocent poignard... qui ne se plongera jamais dans le cœur d'aucun tyran, attendu que les tyrans eux-mêmes se sont prudemment mis à la tête des conspirateurs. Quand tu viendras à connaître l'intérieur d'une société secrète, tu verras que c'est un spectacle fort public, auquel on assiste aussi aisément qu'à l'Opéra; mais je te préviens que c'est moins amusant.

MARGUERITE.

Diana, ta gaieté me fait mal; vraiment, je souffre, je crains, je ne suis pas heureuse; mon mari ne se mêle point à toutes ces manifestations, plus fréquentes qu'ailleurs dans notre ville libre de Francfort; mais il écrit, Diana; il voit je ne sais quelles gens, qui parlent vivement des affaires publiques, des proscrits la plupart, qu'il a connus autrefois dans son pays. Certains travaux qu'il envoie à la *Gazette germanique* font beaucoup de bruit, dit-on; bien plus... il y a un livre dont il est l'auteur : tiens, je vais te le montrer... qui a fait une immense sensation en Allemagne. Les princes l'ont défendu dans plusieurs royaumes de la confédération. Il est certains pays, je ne puis penser à cela sans frémir... où mon mari serait arrêté et mis dans une forteresse pour toujours !

DIANA, parcourant le livre.

Marguerite! mais que dis-tu là?... ce livre, qui a paru sous le nom de Cornélius, ce livre, j'en ai entendu parler cent fois; c'est l'œuvre d'un grand écrivain, sais-tu?... Il contient un projet d'alliance entre tous les petits états de l'Allemagne, qui changera, dit-on, tout l'équilibre de la politique actuelle, et ces articles dont tu parles, de la *Gazette germanique*, sont de brillants commentaires de la pensée contenue ici.

MARGUERITE.

Comment sais-tu ces choses-là, Diana?

DIANA.

En Angleterre, où j'étais avec mon frère Henri de Valdeck, qui, tu le sais, est de la suite du prince, on s'occupait de politique bien plus qu'ici encore. Il fallait bien m'en mêler un peu, pour avoir quelque chose à dire. Une femme aime mieux encore parler politique que se taire... Mais sais-tu que tu es heureuse d'être la femme d'un homme qui sera un jour, qui sait?... député... conseiller...

MARGUERITE.

Ou proscrit...

DIANA.

Chambellan, peut-être... Il n'est pas noble, n'est-ce pas?

MARGUERITE.

Non, vois-tu, je n'aime pas tout cela : je suis une femme simple, élevée dans des idées bourgeoises, j'ai toujours rêvé un mari de ma fortune et de ma sphère ; un bon et loyal Allemand, qui m'aime, qui me rende heureuse. Je crois avoir rencontré ces qualités dans le mien, et tu m'affligerais en me disant que je suis, sans m'en douter, la compagne d'un homme supérieur, d'un génie inconnu...

Entrent Léo Burckart et le professeur Muller.

SCÈNE IV.

LES MÊMES, LÉO BURCKART, LE PROFESSEUR MULLER.

LE PROFESSEUR.

Venez, ces dames parlaient de vous, mon ami...

DIANA.

Nous disions que les hommes politiques, les rêveurs, les philosophes, sont d'une compagnie fort rare et fort insupportable souvent. Vous avez voulu surprendre le secret de notre conversation, le voilà.

LÉO BURCKART.

LE PROFESSEUR.

Ah ! je ne m'étonne pas de nous voir si mal jugés en rencontrant ici une conseillère perfide... Bonjour, mon enfant.

Il embrasse Diana.

LÉO.

Madame a raison ; moi je me corrige tant que je puis. Avons-nous dépassé l'heure du spectacle, voyons ? d'abord je vous y accompagne ; ensuite je m'engage à ne parler que de musique, de modes et de romans nouveaux toute la soirée.

MARGUERITE.

Eh bien ! nous vous tenons compte de la bonne intention ; mais nous ne voulons pas aller au spectacle ce soir.

LÉO.

Fort bien.

MARGUERITE.

Nous prendrons le thé ici, en famille, et, s'il nous vient quelques amis, nous élargirons le cercle. (*Elle sonne.*) Karl, servez-nous le thé !... ranimez ce feu, et renvoyez la voiture ; nous restons.

Le domestique ferme la croisée, allume les bougies et se retire.

LÉO.

J'ai peur que vous ne nous fassiez un sacrifice,

et je vous jure que je me serais fort amusé à cet
opéra.

MARGUERITE.

Vous ne dites pas ce que vous pensez : d'abord
vous ne comprenez rien à la musique italienne, et
vous trouvez que les chanteurs jouent mal !...

Léo prend un journal sur la table.

Je vous prie de laisser là votre journal, et de
causer un peu avec nous ; donnez-le à mon père, si
vous voulez, c'est de son âge. Vous êtes rentrés si
tard, messieurs, que nous n'avons pu vous présenter un des anciens élèves de mon père, revenu depuis deux jours d'Italie ; et dont nous vous avons
parlé souvent, Léo ?

'LE PROFESSEUR.

Frantz Lewald ! et vous ne l'avez pas retenu, ce
pauvre enfant. Voyez ce que le temps peut sur les
amitiés : depuis deux jours il était à Francfort, sans
que nous en eussions des nouvelles !

On sert le thé, tous s'asseyent.

MARGUERITE.

Ne parlez pas ainsi devant Diana, mon père ; il
a fallu que je la rencontrasse à un bal pour qu'elle
songeât enfin à venir visiter ses amis d'autrefois.

DIANA.

Voilà qui est fort injuste. Je suis revenue d'An-

gleterre, comme vous le savez, avec le prince Frédéric-Auguste, dont mon frère est l'aide de camp.
Le prince a voulu garder l'incognito les trois premiers jours de son arrivée, et vous comprenez que
si je fusse venue, moi, pendant ce temps, rendre
visite à la femme d'un écrivain, d'un journaliste...
c'eût été fort peu diplomatique ; qu'en dites-vous,
monsieur Burckart?

LÉO.

Que vous m'honorez trop avec le titre d'écrivain :
je suis un pauvre bourgeois ignoré, m'occupant
beaucoup de jardinage, un peu de chasse, et si j'ai
noirci quelquefois du papier en débarrassant mon
cerveau de certaines idées qui le fatiguaient, je suis
loin de me croire un homme politique, un philosophe, un écrivain!

DIANA.

Orgueilleuse modestie! On parle beaucoup de
vous, monsieur! pour un article de vous, tout un
pays est en rumeur; pour un livre de vous, toute
l'Allemagne s'agite!

LE PROFESSEUR.

Et quand l'homme voudra se montrer... quand
à l'écrit succéderont la parole et l'action...

MARGUERITE.

Mon père, que dites-vous là?...

LÉO, passant la main sur ses yeux.

Marguerite a raison; ces espérances ne vous con-
viennent pas, mon père, ni à moi cette vanité! Plus
jeune, plus ardent et plus libre de cœur, j'ai pu
songer à des folies... Maintenant de tout ce feu qui
m'animait, il n'est rien resté que des cendres, qu'on
s'aveuglerait à souffler! Je me suis fait à mon obscurité : peu à peu tous mes rêves d'avenir se sont
évanouis dans mon bonheur présent; l'homme se
trompe souvent à sa destinée, il prend son désir
pour une vocation, il se croit appelé à réformer le
monde, il veut faire d'une plume le levier d'Archi-
mède... tandis que Dieu l'a créé pour être fils res-
pectueux, bon mari, honnête homme, et voilà
tout; si, comme je crois aujourd'hui, c'est là le partage que Dieu m'a destiné, j'accomplirai cette vie
obscure, en le remerciant de l'avoir faite si douce
et si aimée.

LE DOMESTIQUE, annonçant.

Monsieur veut-il recevoir le chevalier Paulus?

LÉO, à sa femme.

N'as-tu pas dit que nous ne voulions recevoir ce
soir que des amis?

MARGUERITE.

Sans doute... Cette personne m'est inconnue, à moi.

LÉO.

Priez-le de revenir demain matin. (*Le domestique sort. A Diana.*) Ainsi le prince, qui était en quelque sorte exilé à Londres par son frère, rentre officiellement en Allemagne ?

DIANA.

Du moins, il réside à Francfort pour quelques jours... Il attend des lettres, je crois. Peut-être ne vient-il que pour respirer de loin l'air bienfaisant de la patrie. Car son frère, qui règne, n'est pas près de s'entendre avec lui sur les affaires politiques, vous le savez.

LE DOMESTIQUE, rentrant.

M. le chevalier Paulus insiste, disant qu'il vient de loin pour une affaire très-grave !

LÉO.

Faites entrer. (*Il se lève.*) Qu'est-ce que le chevalier Paulus ? Connaissez-vous cet homme, mon père ?

LE PROFESSEUR.

Non.

DIANA.

Ne serait-ce pas un rédacteur de la *Gazette ger-manique?*... Il me semble que j'ai vu des articles, des feuilletons de sciences signés de ce nom.

LÉO.

C'est juste ; mais il est singulier que ce soit vous qui me le rappeliez.

MARGUERITE, lui prenant la main.

Mon ami!...

LÉO.

Eh bien ! qu'as-tu donc?

MARGUERITE.

Rien! mais si j'en croyais mes pressentiments... Je ne sais pas... il m'est passé quelque chose d'é-trange devant les yeux !

LE DOMESTIQUE, annonçant.

M. le chevalier Paulus.

SCÈNE V.

Les mêmes, le Chevalier PAULUS.

LE CHEVALIER.

Mesdames... monsieur Léo Burckart, sans doute?

LÉO.

Oui, monsieur, moi-même. Soyez le bien venu.

LE CHEVALIER.

Je suis enchanté de faire la connaissance d'un confrère aussi illustre.

LÉO.

Un confrère?

LE CHEVALIER.

J'espère que vous me permettrez ce titre, bien que je ne sois qu'un journaliste de très-mince importance; j'écris comme vous dans la *Gazette germanique;* un simple filet typographique sépare vos puissantes idées politiques de mes humbles observations morales, archéologiques, et quelquefois littéraires.

LÉO.

Prenez la peine de vous asseoir, monsieur.

LE CHEVALIER.

Je suis chargé d'une lettre du propriétaire gérant de la *Gazette germanique*... triste message! je veux dire pour moi, pour lui...

LÉO, ouvrant la lettre.

Qu'est-ce donc? (*Aux dames.*) Vous me permettez...

MARGUERITE.

Eh bien!

LE PROFESSEUR.

Que dit cette lettre?

LÉO.

Mon père... nous étions trop heureux!... nous aurions dû sacrifier quelque chose aux divinités mauvaises! (*Se retournant vers le Chevalier.*) Une seconde fois, monsieur, soyez le bien venu... comme si vous n'apportiez pas le malheur dans une famille.

LE PROFESSEUR.

Qu'y a-t-il donc?

MARGUERITE.

Au nom du Ciel!

LÉO.

Il y a qu'un de mes articles a fait saisir le journal, et que le propriétaire a été condamné à vingt mille florins d'amende et à cinq ans de prison.

LE CHEVALIER.

Et tous les rédacteurs exilés, bannis... Vous voyez... un débris.

LÉO.

Vous avez bien fait de venir à moi, si vous avez pensé que je pusse vous être utile.

LE CHEVALIER.

Je vous avoue, monsieur, que je ne compte que sur vous.

LÉO.

Je vous remercie de votre confiance... Où êtes-vous logé?

LE CHEVALIER.

Ici, dans la ville... à l'*Empereur Romain*.

LÉO.

Permettez-moi d'être votre hôte. Karl, vous ferez transporter ici les effets de monsieur... Vous êtes chez vous, monsieur le chevalier. Vous devez être fatigué... le domestique va vous indiquer votre appartement.

LE CHEVALIER.

Mais, monsieur, je ne sais si je dois accepter...

LÉO.

Je vous en prie; dans un instant j'aurai l'honneur de me rendre près de vous.

Le Chevalier sort.

MARGUERITE.

Maintenant, Léo, que comptez-vous faire?

LÉO, avec effort.

Je compte payer l'amende et me constituer prisonnier !

LE PROFESSEUR.

A la bonne heure, voilà qui est parler.

DIANA, bas à Marguerite.

Je te quitte un instant, Marguerite; mais tu auras des nouvelles de moi bientôt; ne t'effraic pas, mon enfant.

SCÈNE VI.

LES MÊMES, EXCEPTÉ DIANA.

MARGUERITE, sans l'écouter.

Oui.. Oh! mon Dieu, mon Dieu, Léo, que dis-tu là !

LÉO.

Venez ici tous deux : ne pleure pas, Marguerite, où j'irai, tu iras ; je sais que tu m'aimes, et je t'ai prise pour la bonne comme pour la mauvaise fortune.

MARGUERITE.

Oh! oui!

LÉO.

Maintenant, écoutez-moi. Un père de famille ruiné par moi est en prison pour moi. Moi, je suis ici, libre, heureux et tranquille ; je puis jeter cette lettre au feu, nourrir cet homme qui l'a apportée, et qui n'en demande probablement pas davantage ; et aux yeux du monde, j'aurai fait à peu près ce que je dois faire ; seulement pour moi, je serai un misérable et un lâche, et je me mépriserai. Votre avis, mon père?

LE PROFESSEUR.

Le mot de Régulus : A Carthage!...

LÉO.

Ton avis, Marguerite?

MARGUERITE.

Je te suivrai partout, et, partout où je serai avec oi, je serai heureuse.

LÉO.

Tu es une digne femme et un noble cœur ! vous, mon père, c'est convenu, vous êtes un homme du vieux temps. Maintenant, quant à l'argent...

LE PROFESSEUR.

Tu peux vendre tout, pourvu que tu me laisses mes livres...

LÉO.

Il n'y a pas besoin de cela, mon père : gardons-nous de grandir notre sacrifice à la mesure de notre orgueil ; vingt mille florins à payer, c'est la moitié à peu près de notre petite fortune... et avec le reste... Pardon, mademoiselle de Valdeck, si nous nous occupons devant vous...

LE PROFESSEUR.

Elle est sortie.

MARGUERITE.

Et quand partirons-nous ?

LÉO.

Le plus tôt possible, Marguerite ; il y a là-bas un homme qui tient la place que je dois tenir, et qui n'a peut-être pas comme moi un père, une femme,

6

dévoués à sa fortune. Je monte près du chevalier, pour connaître tous les détails que cette lettre ne m'explique pas.

LE PROFESSEUR.

Je vous suis, j'ai besoin de tout savoir aussi.

SCÈNE VII.

MARGUERITE, SEULE.

Et maintenant, pleurons en liberté ; ah, Dieu ! je ne suis pas une de ces femmes romaines dont mon père parle souvent, moi ; voilà toute ma gaieté perdue, tout mon bonheur détruit ! et je dis mon bonheur, je devrais dire seulement ma tranquillité !...

Entre Frantz Lewald.

SCÈNE VIII.

MARGUERITE, FRANTZ.

MARGUERITE, s'élançant vers lui.

Ah ! mon ami !

FRANTZ.

Marguerite !

MARGUERITE.

Entre votre venue et votre retour, il s'est passé
des choses bien tristes!...

FRANTZ.

Oui !

MARGUERITE.

Vous savez...

FRANTZ.

Je viens d'un lieu où des hommes du peuple se
réunissent, mais où l'on sait tout en même temps
qu'aux palais des princes. Votre mari, Léo Burckart, est le même homme que le publiciste Cornélius.

MARGUERITE.

N'est-ce pas une chose dangereuse à dire ?

FRANTZ.

Tout le monde le sait aujourd'hui. Votre mari
est condamné à vingt mille florins d'amende, à cinq
années de prison.

MARGUERITE.

Non, ce n'est pas lui qui est condamné, c'est le
propriétaire du journal où il écrivait.

FRANTZ.

J'ai bien dit : car votre mari est un honnête homme , et son devoir était tracé. Quand partez-vous?

MARGUERITE.

Je ne sais... demain...

FRANTZ.

Sa marche sera un triomphe ; et le pays sera sou-levé peut-être avant son arrivée.

MARGUERITE.

Que dites-vous?

FRANTZ.

Je dis... que cet homme est grand ; ou du moins que le ciel lui a donné l'occasion de le paraître !

MARGUERITE.

Oh! ce que vous m'apprenez là , Frantz, m'ef-fraie... plus encore que tout le reste !

FRANTZ.

Dites-lui...

MARGUERITE.

Voulez-vous le voir lui-même?

FRANTZ.

Non... Dites-lui que la société des Frères de la Jeune Allemagne, réunie en ce moment dans la salle du consistoire, lui enverra trois députés pour lui offrir, au nom de la patrie, de payer les frais de l'amende à laquelle il est condamné.

Il va pour sortir.

MARGUERITE.

Frantz!...

LE DOMESTIQUE, entrant.

Il y a là encore une personne qui demande à voir monsieur.

MARGUERITE.

Allez l'avertir et faites entrer. (*Entre le prince Frédéric-Auguste.*) Frantz, vous me quittez ainsi?

FRANTZ.

Il le faut. Adieu.

Les deux hommes se regardent avec attention en se rencontrant à la porte.

SCÈNE IX.

MARGUERITE, LE PRINCE.

LE PRINCE.

Vous êtes la femme de M. Cornélius... je veux dire de M. Léo Burckart?

MARGUERITE.

Oui, monsieur.

LE PRINCE.

C'est bien. Soyez assez bonne pour faire que nous ne soyons pas dérangés dans l'entretien que nous allons avoir ici.

MARGUERITE, sortant, à part.

Il me semble que tout cela est un rêve.

Entre Léo.

SCÈNE X.

LÉO, LE PRINCE.

LÉO.

Monsieur...

LE PRINCE.

Je suis le prince Frédéric-Auguste. (*Léo s'incline.*)
Asseyons-nous. Personne ne peut-il nous entendre?

LÉO.

Personne.

LE PRINCE.

Je sais le malheur qui vient de vous frapper.

LÉO.

Vous savez.....

LE PRINCE.

Oui, cette affaire de journal; j'ai un démon fa-
milier qui me dit tout. Je ne passe pas à travers
l'Allemagne en simple voyageur, comme il me plaît
de le laisser croire ici. Je reviens dans ma patrie
en prince; puis-je vous être bon à quelque chose?

LÉO.

Oui, monseigneur, et vous pouvez me rendre un
très-grand service.

LE PRINCE.

Lequel?

LÉO.

Vous pouvez obtenir de S. A. le prince régnant que l'application du jugement qui frappe un innocent soit faite au véritable coupable, et que je sois substitué aux lieu et place du gérant, pour subir les cinq ans de prison, et pour payer les vingt mille florins d'amende.

LE PRINCE.

J'ai mieux que cela à vous offrir.

LÉO.

Oui; mais alors, monseigneur, c'est peut-être moi qui ne pourrai plus accepter.

LE PRINCE.

Et pourquoi?

LÉO.

Parce que je ne demande point grâce, mais justice; je réclame toute justice, mais je refuserais toute grâce. Mon opposition a été la lutte loyale du faible contre le fort, et la réclamation que je vous adresse n'est pas la mise à prix de ma conscience...

LE PRINCE.

Rassurez-vous. J'ai à vous faire des propositions

que vous pouvez entendre ; il ne s'agit pas d'un de ces marchés qui avilissent à la fois celui qui achète et celui qui se vend, mais d'un contrat qui doit nous honorer tous les deux.

LÉO.

Je vous écoute, monseigneur.

LE PRINCE.

Ces principes que vous avez avancés comme citoyen, ces théories que vous avez émises comme publiciste, ne sont-ce point de vains systèmes philosophiques ou de pures utopies sociales, et les croyez-vous applicables vraiment à notre époque et à notre pays ?

LÉO.

Mais... sans doute...

LE PRINCE.

Parlons sérieusement. Les grands esprits sont dangereux dans la politique usuelle. Ils sont les hommes de l'avenir ou du passé ; le présent les méconnaît, ou bien il en est méconnu. Ne trouvez-vous pas qu'il est étrange de voir le génie de chaque temps employer constamment sa force à renverser aujourd'hui ce qu'il eût constitué hier, ou ce qu'il refera demain !

1

Penser ainsi, n'est-ce pas méconnaître l'éternelle
loi du progrès?

LE PRINCE.

Ah! j'aime mieux y croire! et d'ailleurs ma par
est si belle que j'aurais tort de refuser quelque
chose aux sympathies de la foule, fussent-elles ir-
réfléchies. Toute génération nouvelle a ses passions
comme tout homme, et la passion, n'est-ce pas ce
qu'il y a de plus beau sous le ciel? Religion, guerre,
liberté, ce sont là les amours des peuples : et qu'importe si l'une conduit au martyre, l'autre à la servitude, l'autre au néant...

LÉO.

Vous traitez légèrement ces questions, monseigneur; que Dieu vous fasse la grâce de n'avoir pas
un jour à les envisager de plus haut! Vous parlez là
de l'excès qui perd tout; et la passion qui conduit
à la mort n'est pas celle qu'il faut désirer quand on
est chrétien. La liberté n'est pas pour nous une
amante insensée, mais une chaste épouse, et nous
demandons que le nœud qui nous unira soit reconnu par le prince, et béni par le ciel.

LE PRINCE.

Je sais toute la modération de vos principes.

toute la légitimité de vos espérances ; et pourtant vous avez mis en danger la sûreté d'un grand pays... Vous philosophe, vous écrivain, vous avez ouvert une porte à la guerre et une autre à la révolte... qui les fermera maintenant?

LÉO.

Que dites-vous, monseigneur? ai-je donc un tel pouvoir, et cela est-il en effet?

LE PRINCE.

Ne faites pas de fausse modestie ; vous savez qu'il y a des paroles qui tuent, et que, grâce à la presse, l'intelligence marche aujourd'hui sur la terre, comme ce héros antique qui semait les dents du dragon! Or vous avez laissé tomber la parole sur une terre fertile ; si bien qu'elle perce le sol de tous côtés, et qu'elle va nous amener une terrible récolte, si celui qui l'a semée n'est point là pour la recueillir.

LÉO.

Qu'est-il donc arrivé déjà ?

LE PRINCE.

Une émeute a éclaté à la suite de la condamnation du journal auquel vous adressiez vos articles. Elle a été comprimée aussitôt ; mais mon frère Léopold, ce prince faible, qui m'avait exilé, comme il vous avait banni, s'est retiré dans un couvent aux premiers instants de trouble, et n'en a plus voulu sortir ensuite. C'est sur moi qu'il rejette cette lourde couronne que vous avez imprudemment ébranlée. Voilà pourquoi je viens à vous, monsieur.

LÉO.

Votre altesse voudrait...

LE PRINCE.

Ecoutez : nous n'avons pas un instant à perdre ; convenons de tout. Il y a dans les pouvoirs une hiérarchie qu'il faut respecter. Dès à présent vous serez conseiller intime; dans un mois député à la Diète, un mois après ministre.

LÉO.

Ce serait donc à moi maintenant de faire mes réserves et mes conditions.

LE PRINCE.

Je sais tout ce que vous allez me dire. Vous tenez à réaliser certaines idées contenues dans vos écrits. Vous en croyez l'exécution possible, et je partage votre conviction et votre désir. J'ai discuté souvent à Londres avec plusieurs des hommes politiques les

plus célèbres de ce temps-ci votre plan de fédération entre les petits états souverains de l'Allemagne;
le traité de commerce dont vous avez fixé les bases;
la résistance qui peut être opposée par nous à l'en-
vahissement des grandes puissances : tout cela nous
a séduits comme pensée libérale et convaincus
comme application. Vous me demanderez des ga-
ranties. Je suis prêt à accorder ce qui sera juste et
possible.

LÉO.

Mais j'hésite, moi, monseigneur... Je voudrais
réfléchir...

LE PRINCE.

Vous hésitez, monsieur? quand je vous offre
toute liberté, tout pouvoir! vous hésitez? et vous
avez bien osé tout menacer, tout ébranler, tout
ruiner peut-être... La critique vous a été facile, et
vous reculez devant l'œuvre! Vous avez pris de votre propre volonté un pouvoir sur les esprits, dont
vous ne voulez user que pour le mal et le désordre!... Ah! monsieur!... devant Dieu qui nous voit
et qui a attaché à votre talent les devoirs qu'il a
marqués à ma position; devant Dieu qui juge ici
l'écrivain et le prince... vous n'avez pas le droit de
me répondre non!

LÉO, avec effort.

C'est vrai.

LE PRINCE.

Où donne cette porte? dans votre cabinet?

LÉO.

Oui.

LE PRINCE.

Je vais écrire et signer les conventions qui seront faites entre nous. Réfléchissez, monsieur, afin de n'oublier aucune des observations que vous aurez à me soumettre.

SCÈNE XI.

LÉO seul.

Ce n'est pas ainsi que j'avais compris ma vie! et j'avais mis plus d'espace entre mon humble position et ma haute espérance. Pouvais-je prévoir qu'une main inconnue viendrait tout à coup m'enlever de terre et me faire franchir en un jour tant de degrés glissants, tant d'échelons fragiles!... Qui me don-

nera l'expérience de toutes ces épreuves, ou plutôt
la confiance de m'en passer ? Ah ! si je pensais être
autre chose ici qu'un instrument dans les mains de
la Providence, j'aurais peur à présent... je fuirais
comme un lâche avant le combat ; je m'échapperais
d'ici sans détourner la tête : car le mal que j'ai fait
est grand, si je n'ai pas la force de mieux faire !...
Mais il me l'a bien dit, lui, je n'ai pas le droit de
refuser ! Dieu peut me demander compte de l'idée
qu'il a mise en moi, comme il a demandé compte
au figuier stérile des fruits qu'il aurait dû produire !... Si, comme un homme de peu de foi, je re-
cule devant un fantôme ; si par ma faute, à mon re-
fus, un autre vient prendre ma place, et détournant
la pensée divine de la route qu'elle allait suivre,
conduit à l'esclavage ceux-là que j'aurais dû guider
dans les voies lumineuses de la liberté ! qu'aurai-je
à dire un jour en paraissant devant le juge éternel,
quand des milliers de voix s'élèveront contre moi,
criant : Malheur à celui qui pouvait et qui n'a pas
osé ! Malheur à l'égoïste ! malheur à l'infâme !...
Oh ! non, non ; Dieu n'a pas mis en moi cette
flamme pour que je l'éteigne... (*Entre Marguerite.*)
Que me veut-on ?...

SCÈNE XII.

LÉO, MARGUERITE.

MARGUERITE, entrant.

Mon ami, tu étais seul?

LÉO.

Pourquoi me déranger?... Laisse-moi seul, Marguerite.

MARGUERITE.

Mon ami, j'ai cru bien faire... les voici! ce sont les jeunes gens envoyés par une société...

LÉO.

Messieurs...

SCÈNE XIII.

LES MÊMES, ROLLER, FRANTZ, FLAMING, tous trois en costume d'étudiants.

ROLLER.

Parle, toi, Frantz, qui nous a amenés ici

FRANTZ.

Monsieur Léo Burckart, les Frères de la Jeune Allemagne, réunis à Francfort, et au nom de tous les frères des dix-sept états souverains et des quatorze universités, vous ont voté des félicitations, et vous offrent de payer l'amende à laquelle la *Gazette Germanique* est condamnée, par une souscription publique.

Le Prince sort du cabinet un papier à la main.

LÉO.

Avant de répondre à votre offre loyale et généreuse, permettez-moi, messieurs, de lire ce papier.

FLAMING, regardant le Prince.

Je connais les traits de cet homme !

LÉO, signant le papier.

Je n'ai plus d'amende à payer, messieurs ; je rentre enfin dans ma ville natale ; mais j'y serai libre. Je suis plein de reconnaissance envers les membres de cette association, dont j'ignore les statuts et les desseins ; mais leur bonne volonté me devient inutile. La personne que voici est le prince Frédéric-Auguste, notre nouveau souverain.

Les étudiants s'inclinent.

7

MARGUERITE , se jetant dans les bras de Léo.

Léo!... quel changement!

LÉO.

Pauvre Marguerite!... mieux eût valu peut-être la ruine et la prison !

FIN DU PROLOGUE.

ACTE PREMIER.

ACTE PREMIER.

Le théâtre représente la salle commune d'un hôtel de belle apparence; un gros poêle allemand, des tables rangées comme pour une table d'hôte. — A droite, un escalier montant à une chambre. — A gauche, une grande entrée intérieure donnant dans les appartements principaux. — Un orchestre pour les jours de bal. — Au fond du théâtre, on aperçoit la route; en travers, une barrière peinte aux couleurs du prince; les deux montants sont surmontés de lions héraldiques.

SCÈNE PREMIÈRE.

FLAMING, ROLLER, DIÉGO, trois autres Étudiants.

ROLLER, entrant après avoir regardé l'enseigne.

Hôtel du Soleil! C'est magnifique; et il faut espérer que ce sera cher... Hôtel tenu à l'anglaise, cuisine française... rien d'allemand que le poêle! Nous serons très-bien ici... Holà! ho!.. l'hôtelier!

Les étudiants frappent sur les tables.

DIÉGO.

Ohé! la maison! les bourgeois! les Philistins damnés!

ROLLER.

Du tabac!.. du feu!.. de la bière et du vin!

Les étudiants frappent en mesure, et séparent les tables pour en prendre une, autour de laquelle ils s'asseyent.

L'HOTE.

Messieurs! messieurs! (*A part.*) Des étudiants! je suis perdu!

ROLLER.

Ne regarde pas sur la route, nous n'avons pas d'équipages.

L'HOTE, à part.

Ils ne sont que six! (*Haut.*) Messieurs, ma maison n'est pas une auberge.

ROLLER.

Alors c'est une taverne!

L'HOTE.

Non, messieurs.

ROLLER.

Encore un mot… et nous allons en faire un coupe-gorge.

L'HOTE.

C'est ici un hôtel, messieurs.

ROLLER.

Un hôtel... Qu'est-ce que c'est que cette aristocratie de domicile !.. Nous te faisons l'honneur de t'amener ce soir toute l'Université, et ta maison sera ce que nous voudrons qu'elle soit, entends-tu ? Nous ferons barbouiller une enseigne bachique ; nous décrocherons ton soleil d'or, et nous intitulerons ton établissement : Cabaret du Sauvage... Es-tu content?

L'HOTE.

Toute l'Université ce soir? Ah! messieurs !...

ROLLER.

Tais-toi !

FLAMING.

Va nous chercher de la bière.

DIÉGO.

Va nous chercher du vin!

FLAMING.

De la bière et du vin.

L'HOTE.

Messieurs, pardon. Nous avons ici des voyageurs qui dorment, de grands personnages...

FLAMING.

Après l'empereur et les femmes, les étudiants sont les plus grands personnages qui soient.

DIÉGO.

Après les femmes et avant l'empereur.

FLAMING.

Cela dépend des opinions. Va nous chercher à boire, ensuite nous t'expliquerons nos idées.

L'HOTE.

Mais...

ROLLER.

Et quand cela t'ennuiera que nous frappions sur les tables, nous frapperons sur les carreaux.

L'HOTE.

Je suis ruiné, perdu!

HERMANN, le poussant vers la cave.

C'est bien dit.

Tous prennent place.

FLAMING.

Est-ce assez grand seulement, cette salle?

ROLLER.

La plus grande du village, assurément.

DIÉGO, frappant de sa canne un mur.

En jetant bas cette cloison, on donnerait un peu
plus d'aisance.

ROLLER.

Bah! nous ne serons gênés qu'au commencement;
quand la moitié des buveurs de bière aura roulé sur
le parquet, l'autre moitié sera extrêmement à l'aise.
Une bonne orgie a toujours deux étages, le dessus
des tables et le dessous.

L'HOTE, apportant des bouteilles.

Voici de quoi vous rafraîchir, messieurs; mais,
au nom du Ciel, parlez moins haut; ne fumez pas,
et retirez-vous tranquillement quand vous aurez bu.
Nous avons ici une dame, et un voyageur qui paraît fort distingué.

ROLLER.

Eh bien! nous inviterons ton voyageur à boire
avec nous, et la dame... A quoi l'inviterons-nous, la
dame?... ma foi, à s'en aller au plus tôt; car, dans
une heure seulement, ce ne sera pas la place d'une
dame ici.

L'HOTE.

Grand Dieu!

ROLLER, versant à boire,

On va tout t'expliquer...

SCÈNE II.

Les mêmes, le Chevalier PAULUS.

Il est en habit du matin et descend par l'escalier de droite.

HERMANN.

Est-ce là le grand seigneur?

L'HOTE.

Non, messieurs, c'est son ami.

DIÉGO.

Je connais cette figure.

LE CHEVALIER.

Monsieur l'hôte, je vous demanderai la carte des vins. Je voudrais tremper un biscuit dans quelque chose d'un peu... cordial, en attendant le dîner.

L'HOTE, lui donnant la carte.

Voici, monsieur le chevalier. Vins du Rhin, vins du Palatinat, vins de France... Trente-deux articles.

LE CHEVALIER.

Il suffit d'un seul, s'il est bon.

Il lui indique un vin sur la carte.

ROLLER, à l'hôte.

Ce seigneur vient de se lever?

L'HOTE.

Ils sont arrivés dans la nuit.

Il sert le chevalier à une table, et lui donne un journal.

DIÉGO, se levant, à l'hôte.

Mettez deux verres.

Il s'assied à la table du chevalier, et verse dans les deux verres.

LE CHEVALIER, cessant de lire,

Qu'est-ce que c'est... un étudiant?

DIÉGO.

Qu'est-ce que c'est? un...

LE CHEVALIER, le reconnaissant.

Tais-toi!... Diégo.

DIÉGO.

Paulus!

Ils se serrent la main en croisant les pouces à la façon des Carbonari.

LE CHEVALIER.

Tu viens de l'autre monde?

DIÉGO.

Du Nouveau-Monde, s'entend. Je ne suis pas un revenant, je suis un voyageur.

LE CHEVALIER.

Tu tiens toujours le même article?

DIÉGO.

Toujours des révolutions. Les rois s'en vont, je les pousse!

LE CHEVALIER.

Ceux de ce monde-ci sont plus solides.

DIÉGO.

Aussi, j'y vais posément : j'étudie, je fais partie de l'université de Leipsick pour l'instant, tu vois.

LE CHEVALIER.

Et qu'est-ce que tu y apprends?

DIÉGO.

Les sciences abstraites.

LE CHEVALIER.

Et qu'est-ce que tu y enseignes?

DIÉGO.

Le maniement de la canne à deux bouts, l'usage du stylet et quelques jeux de hasard de mon invention.

LE CHEVALIER, lui frappant sur l'épaule.

Brave Mexicain... descendant de Fernand-Cortez!..
tu as bien descendu.

DIÉGO.

N'est-ce pas? Moi! un ancien membre du gouvernement provisoire de Tampico!... un ex-ambassadeur de Bolivar à la république du Pérou.

LE CHEVALIER.

Tu es bien vieux, aujourd'hui, pour un étudiant !

DIÉGO.

On est toujours jeune pour apprendre. (A l'hôte.)
Une autre bouteille... Et puis, sais-tu?... me voilà
parmi ces bons jeunes gens allemands : on me res-
pecte, on me paie à boire, et les marchands me
font crédit. Quand arrivera le grand jour, je me
lèverai comme un seul homme!... Et toi, es-tu
toujours fidèle?

LE CHEVALIER.

Fidèle à nos serments, le même dans les deux
mondes... la charbonnerie couvre la terre : voici ma
pièce de crédit.

Il lui montre une médaille au bout d'un ruban caché sous ses habits.

DIÉGO.

Fort bien. T'occupes-tu toujours de sciences ? te livres-tu toujours à la recherche des antiquités mexicaines ?

LE CHEVALIER.

Cela était bon sur l'autre continent. Depuis, j'ai fouillé Pompéi, Herculanum, Aquilée... Hélas ! les choses antiques y sont de fabrique moderne, on n'y découvre que ce qu'on y enterre.

DIÉGO.

Mais ici ?

LE CHEVALIER.

Je suis secrétaire d'un ministre futur.

DIÉGO.

Le nouveau conseiller intime ?

LE CHEVALIER.

Léo Burckart. J'écrivais dans le même journal que lui... On nous a saisis, proscrits, ruinés !

DIÉGO.

Mais sous le nouveau prince, vous voilà rétablis, décorés, subventionnés !

LE CHEVALIER, montrant les bouteilles.

Aussi, tu vois, je me débarrasse de l'or du pouvoir le plus que je puis.

DIÉGO.

Enfin, tu sers la tyrannie.

LE CHEVALIER.

N'est-ce pas un de nos règlements? ne devons-
nous pas accepter les places qui nous sont offertes,
afin d'aider au besoin nos amis, et de nous... re-
tourner dans l'occasion?

DIÉGO.

C'est possible; mais moi, ce n'est pas ma manière
de voir. Je suis un pauvre diable; j'ai usé mes sou-
liers et mes pieds encore plus souvent sur tous les
chemins de la terre; voyageur de la liberté!... depuis
deux ans seulement, j'ai couru toutes les universités d'Allemagne, pour transmettre la lumière de
l'une à l'autre.... Mais, à chacun sa spécialité....
C'est bien.

LE CHEVALIER.

Et aujourd'hui, tu te remets en route?

DIÉGO.

Non. Cette fois, je suis comme cet homme des
légendes, derrière lequel marchait toute une forêt.
L'Université vient ici en masse.

LE CHEVALIER.

Ah! ah! c'est une révolte!

DIÉGO.

Non. C'est une folie, une équipée d'enfants ; l'avenir seul peut en faire quelque chose de présentable. Nous mettons la ville en rumeur pour venger la mort d'un chien, comme dans *les Brigands*, de Schiller, pure imitation ; mais pour des têtes allemandes...

LE CHEVALIER.

Dis-moi tout.

DIÉGO.

Un jour...

LE CHEVALIER.

Cela commence comme un conte.

DIÉGO.

Et cela deviendra peut-être de l'histoire, et de l'histoire sanglante.

LE CHEVALIER.

J'écoute.

DIÉGO.

Tu sais que dans chaque université les étudiants élisent un roi.

LE CHEVALIER, avec affectation.

Partout de la servitude.

DIÉGO.

Donc, il y a huit jours, Sa Majesté Max Ier, roi des Renards, tyran des Pinsons et protecteur des associations provinciales, passait avec ton serviteur devant la porte d'un boucher. Le chien royal (tu sais que tout étudiant a un chien) se crut en droit de prélever un impôt sur l'étalage du marchand. Le boucher, au lieu de s'en prendre à nous, lance sur le caniche un dogue corse, qui ne lui a donné qu'un coup de dent il est vrai, mais qui lui a cassé les reins de ce coup-là.

LE CHEVALIER.

Eh bien!

DIÉGO.

Eh bien! tu ne comprends pas?... Nous avons rossé le boucher et ses garçons au moyen des cannes ferrées dont tu vois un échantillon... Les bourgeois sont sortis avec des fusils, des épées... Quelques camarades qui passaient se sont rangés derrière nous... Une bataille superbe! Deux chiens et trois marchands un peu éreintés, un peu tués!.. Voilà toute la ville en révolution... On nous arrête... L'Université sort en bon ordre, et nous délivre en démolissant la prison où nous étions, à n'en pas laisser une pierre sur l'autre... L'affaire va devant les juges; on nous condamne; et nous, nous condamnons la

8

ville ! nous l'abandonnons. La ville ne vit presque
que de notre séjour, de notre dépense... nous la pre-
nons par la famine... nous nous retirons sur le
Mont-Sacré, comme le peuple romain.

LE CHEVALIER.

Cela peut aller loin...

DIÉGO.

N'est-ce pas ?... et le tout pour un chien estropié;
mais c'était un beau chien !

LE CHEVALIER.

Ah ça, je ne vous vois là encore que six ou sept.

DIÉGO.

Va regarder un peu sur la route, la vallée est
toute noire d'étudiants en marche. Dans une demi-
heure ils se seront abattus sur ce village comme
une nuée de sauterelles. Tiens, les Renomistes en
tête... ensuite les Renards, les Pinsons; après, les
voitures de bagages, les chiens, les femmes... et les
créanciers qui ne nous perdent pas de vue. Pauvres
gens ! qui sait où nous les conduirons ?

LE CHEVALIER.

Ce ne sera pas à la fortune !

DIÉGO.

Adieu. Nous allons rejoindre le gros de l'armée...

Sois toujours fidèle comme autrefois, toujours un bon frère... incorruptible ! nous aurons quelque chose à faire bientôt.

Il sort avec les autres.

LE CHEVALIER, seul.

Dans le bavardage de ce fou, il y a des choses bonnes à savoir. Merci, monsieur le représentant de la propagande américaine ; conspirateur d'enfance, étudiant dans vos vieux jours !...

SCÈNE III.

L'HOTE, LE CHEVALIER, puis LÉO BURCKART.

L'HOTE.

Les voilà partis ; mais tout à l'heure... (*Léo entre.*) Je vous demande encore mille fois pardon, monsieur : ne jugez pas ma maison par ce qui vient de se passer... C'est un hôtel, le plus bel hôtel de l'endroit, et non une taverne d'étudiants. Je suis déshonoré, monsieur !

LÉO.

Rassurez-vous. Je voulais aujourd'hui même vous quitter pour me rendre à la ville, où des affaires m'appellent sans retard. Nous partirons plus tôt,

voilà tout... mais, pour vous-même, soyez tranquille, je connais les étudiants : c'est une noble race,
un peu turbulente, un peu folle ; mais là est l'honneur et l'avenir de l'Allemagne !

L'HOTE.

Ils vont tout briser ici, monsieur ; tout manger,
tout boire !

LÉO.

Ils paieront... Tout sera payé, quoi qu'il arrive,
croyez-en ma parole. Faites porter cette lettre, monsieur.

L'hôte sort.

SCÈNE IV.

LÉO, LE CHEVALIER.

LÉO, se croyant seul.

Je vais donc me mettre à l'œuvre ! J'ai là devant
moi une ville, une grande ville ! pleine d'intelligence, d'industrie et de mouvement ! Ah ! près de
l'action, toute ma crainte s'abat et tout mon sang
se rafraîchit ! Cette foule qui monte vers moi,
cette cité qui fume et bouillonne là-bas ; tout
cela est sous ma main : mon Dieu ! suis-je plus que
les autres ? Hélas ! non, si ton esprit ne descend

pas en moi ! (*Apercevant le chevalier.*) Vous étiez là ?...

LE CHEVALIER.

Depuis l'entrée de ces jeunes gens , monsieur.

LÉO.

Ils sont donc toujours fous , nos bons étudiants?

LE CHEVALIER.

Vous savez ce qui s'est passé?

LÉO.

Oui; l'hôte m'a tout raconté. La ville est en mouvement pour une ridicule équipée, pour rien. Et ce n'est pas une chose commode , voyez-vous, que de gouverner des enfants à qui l'on a dit un jour qu'ils étaient des héros, et de mettre en pénitence des écoliers qui sont revenus de Paris avec autant de balafres faites par les sabres français que par les rapières dont il se servent dans leurs duels. Mais ce n'est pas l'occasion d'exercer le mandat que le prince m'a confié. Il faut bien leur passer quelque chose, et tolérer leurs priviléges, pour qu'ils respectent les nôtres.

LE CHEVALIER.

Vous ne savez pas tout.

LÉO.

Quoi donc?

LE CHEVALIER.

Sous ce tumulte d'écoliers, il y a des hommes qui agissent. Les sociétés secrètes travaillent ici comme partout. Les Negros en Espagne, les Carbonari en Italie, ici les membres de la Jeune Allemagne et de l'Union de Vertu.

LÉO.

Vous avez appris...

LE CHEVALIER.

J'ai rencontré là jusqu'à des affiliés du Nouveau-Monde.

LÉO.

Vous en êtes donc, vous, de ces sociétés?

LE CHEVALIER.

Ne vous souvenez-vous pas que je faisais partie d'une rédaction de journal dont les idées étaient assez avancées... sous le précédent gouvernement?

LÉO, indifféremment.

Ah!... c'est bien.

L'HOTE, entrant.

Un roulement de voiture! encore des voyageurs, grands dieux! et être obligé de les renvoyer. (A son garçon.) Il n'y a pas de paquets à descendre, va...

Le surveillant de la barrière la baisse sur le chemin.

SCÈNE V.

Les mêmes, DIANA, entrant à pied.

L'HOTE.

Et encore... je parie que c'est une Anglaise!

LÉO.

C'est mademoiselle Diana de Waldeck. (*A l'hôte.*) Avertissez madame.

DIANA, gaiement.

Voici justement notre nouveau conseiller... député... et je ne sais quoi encore... en service très-extraordinaire.

Le Chevalier la salue et sort.

LÉO.

Quelle heureuse rencontre!

DIANA.

Non. C'est une visite.

SCÈNE VI.

Les mêmes, MARGUERITE.

MARGUERITE, entrant.

Diana!

DIANA.

J'ai appris que vous arriviez. Vous savez tout; les étudiants font du bruit dans la ville. Il est impossible d'y entrer.

LÉO.

Cependant nous allons essayer. Les étudiants se retirent en masse... Alors, dans quelques heures, la ville sera fort paisible. Nous prendrons un détour pour nous y rendre.

MARGUERITE.

Léo! vraiment, tout cela n'est pas rassurant... Si nous retournions sur nos pas.

DIANA.

Vous comptiez vous loger là-bas : je vous préviens qu'ils ont cassé les vitres partout; trouvez-y une maison sans fenêtre, à la bonne heure. Le moyen d'y passer la nuit. J'ai bien peur que demain toute la ville ne soit enrhumée.

MARGUERITE.

Ah! tout cela t'amuse, toi, Diana!

DIANA.

Parce que je viens te tirer de peine. Je veille sur toi comme un bon ange, pendant que ton mari

veille sur nous tous : ce qui l'empêchera de s'occuper beaucoup de sa femme naturellement.

LÉO.

Mon devoir ne m'appelle pas à combattre ce tumulte dont rien ne m'avait prévenu ; j'en ai compris parfaitement d'ici toutes les causes et tout le
peu d'importance ; les précautions déjà prises par
les magistrats suffiront à rétablir l'ordre, croyez-
moi.

DIANA.

Aussi n'avons-nous nulle crainte sérieuse, monsieur ; ce n'est pas à de telles épreuves que nous attendons votre génie. Voilà ce qui arrive : toute la
haute société de la ville a fait dès hier soir ce que
les étudiants font aujourd'hui. On s'est répandu
dans les châteaux, dans les villas, et pour faire
voir à l'émeute qu'on ne la craint pas, ou plutôt
que l'on compte sur sa galanterie, cette émigration
en masse a été partout le prétexte de réunions char-
mantes, de banquets et de bals chez les principaux
seigneurs des environs.

LÉO.

Cela est fort prudent et de fort bon goût.

DIANA.

Il y a notamment ce soir une fête ravissante dans

le château de la grande duchesse; le prince n'étant pas à la résidence, c'est le plus brillant rendez-vous qu'on puisse se donner. Vous êtes attendus, vous souperez, vous danserez, et puis l'on vous trouvera un appartement; après quoi, vous ferez demain votre entrée dans la ville pacifiée et déli-vrée pour longtemps de toute université, car j'es-père bien que ces messieurs seront renvoyés à leurs parents. Voici vos deux lettres d'invitation.

LÉO.

Tout cela est fort bien arrangé; mais il faut, moi, que je me rende à la ville. Puisque vous avez tant de bontés, madame, emmenez ma femme au château; qu'elle s'amuse, qu'elle danse, si elle n'est pas trop fatiguée de sa route. Moi, je pars, je vais voir un peu ce qui se passe là-bas.

MARGUERITE.

Mon Dieu, Léo, me laisser ainsi seule; mais je ne te quitterai pas. Non, je t'accompagnerai à la ville, quoi qu'il puisse arriver!

LÉO.

Ce n'est pas l'occasion de faire du dévouement. Ce que nous propose ton amie est fort simple, et je l'en remercie de tout mon cœur. Tu iras au bal, parce qu'il faut que la femme d'un homme d'état s'habitue à faire bonne contenance dans les instants difficiles; parce que, depuis une heure, je brûle d'être dans la ville, et que c'est toi seulement qui me... eh! oui, qui m'embarrasses, qui me gênes... Tu ne peux rester ici, les étudiants y viennent. Va à cette fête, résigne-toi; dans la nuit, j'irai vous rejoindre et vous porter des nouvelles.

MARGUERITE.

Ah! fais de moi ce que tu voudras, Diana; je suis bien souffrante. Ne pouvons-nous aller au château sans paraître à ce bal?

DIANA.

Viens t'habiller, viens. (*A Léo.*) Elle dansera, je vous le jure.

LÉO, seul.

Pauvre femme! elle avait des larmes aux yeux. Mon Dieu! mon Dieu! avais-je le droit de compromettre son bonheur en faisant le sacrifice du mien? (*A Paulus qui rentre.*) Monsieur le chevalier, vous accompagnerez ces dames au bal, si vous voulez. Voici une invitation; vous avez ce qu'il vous faut?...

PAULUS.

Un habit à la française parfait. (*Léo sort.*) (*Lisant*

l'invitation.) Chez la grande-duchesse... presque à la cour... Oh! oh!... fort bien.

Il sort.

SCÈNE VII.

FRANTZ, FLAMING, en costume d'étudiants.

FRANTZ.

Et tu les a vus ?...

FLAMING.

Lui seulement, te dis-je; lui que nous venons de rencontrer; mais sans doute elle est dans l'hôtel. On parlait d'une dame ici, et je crois que M. Burckart est un homme de mœurs trop pures pour emmener une autre femme que la sienne.

FRANTZ.

Mais il est monté à cheval à deux pas d'ici, Flaming; il se dirigeait vers la ville.

FLAMING.

Eh bien! interroge l'hôte.

FRANTZ.

Non. Je reste ici seulement.

FLAMING.

Alors j'interroge moi-même. Holà!

L'HOTE.

Qu'est-ce que veut monsieur?

FLAMING.

Écoute. Il y a une dame ici, n'est-ce pas?

L'HOTE.

Il y en a deux.

FLAMING.

Bon!

FRANTZ.

C'est Diana. J'ai reconnu son équipage et sa livrée. Il suffit.

FLAMING.

Que veux-tu faire?

FRANTZ.

J'attends. Tu ne comprends donc pas? Je connais la femme de M. Léo Burckart.

FLAMING.

Et tu ne le connais pas, lui.

FRANTZ.

Mon Dieu! comment veux-tu que je le connaisse?

Tu me fais des questions… Naturellement j'ai peu
de sympathie pour ce futur ministre, et je n'ai pas
tenu à le revoir depuis notre malencontreuse visite
à Francfort.

FLAMING.

Mais la société de sa femme ne froisse pas tes
opinions politiques, n'est-ce pas?

FRANTZ.

Tais-toi. Ne dis plus un mot de cela, entends-
tu?

FLAMING.

Tu vas te fâcher.

FRANTZ.

Non. Écoute, je veux tout te dire. C'est la fille de
mon ancien professeur. Tu sens bien que si j'aimais cette femme, je l'aurais épousée depuis longtemps.

FLAMING.

Et si elle ne t'aimait pas, elle?

FRANTZ.

Elle m'aurait aimé!

FLAMING.

Tu as un amour-propre…

FRANTZ.

Eh bien! ne vois-tu pas que son mari s'en va, que cette femme est seule, que tout à l'heure la maison sera pleine d'étudiants.

FLAMING.

On entend déjà d'ici le chœur *des Cavaliers,* qu'ils chantent à pleines voix. Nous avons peu d'avance sur eux.

FRANTZ.

C'est vrai. Comment se fait-il que son mari l'ait quittée, et qu'elle demeure seule ici?

FLAMING.

Va lui rendre visite.

FRANTZ.

Je n'ose. Flaming... ne trouves-tu pas ce tapage d'écoliers bien ridicule?

FLAMING.

Frantz! ne trouves-tu pas cette démarche d'a-moureux bien insensée?...

FRANTZ, écoutant.

Eh! je ne suis pas amoureux! Les voilà qui approchent. Si c'est comme cela qu'on étudie à l'université! . Depuis huit jours que je suis arrivé après un long voyage pour reprendre mon cours de théologie, je n'ai pas pu attraper une seule leçon : tantôt ce sont des réunions politiques, tantôt des rixes dans la rue avec les bourgeois, tantôt des orgies... Flaming!

FLAMING.

Eh bien?

FRANTZ.

Les voici qui descendent.

Les dames passent dans le fond.

FLAMING.

Tais-toi!

PAULUS, en descendant, offre la main aux dames.

Mesdames...

DIANA.

Merci, monsieur, ma voiture est là, près de la barrière.

FRANTZ.

Où vont-elles?

FLAMING.

Demande aux domestiques avant que la voiture soit partie. (*Frantz va dans le fond.*) Ah! quelle patience! Être l'ami d'un amoureux, c'est conduire un enfant à la lisière... Si on lâche, l'enfant se casse le nez; et l'homme!... Oh! l'homme souvent se casse la tête!

FRANTZ, revenant avec précipitation.

Tu as un oncle chambellan, Flaming?

FLAMING.

Oui, j'ai un parent parmi la domesticité du prince.

FRANTZ.

Ton oncle est au château de la grande duchesse, à un quart de lieue d'ici... il peut me donner un billet d'invitation pour la fête, et je trouverai bien un costume. Tu vas venir avec moi, Flaming.

FLAMING.

Allons; aussi bien, voilà le tapage qui arrive!

Ils sortent. On entend le chœur des étudiants.

SCÈNE VIII.

L'HOTE, ROLLER, HERMANN, CHŒUR D'ÉTUDIANTS.

L'HOTE.

C'est la tempête! mon Dieu! mon Dieu!

La scène se remplit de monde. Des bannières sont plantées au fond du théâtre. Le roi des étudiants est porté en triomphe.

9

ROLLER, à l'hôte.

Combien vaut tout ce qui est ici?

L'HOTE.

Vous voulez acheter ma maison?

ROLLER.

Pas aujourd'hui. Le mobilier seulement.

L'HOTE.

Il y en a là pour plus de deux cents florins.

ROLLER.

En comptant le poêle... faïence de Saxe. C'est juste! Voilà la somme. Les vitres par-dessus le marché. Maintenant délivre-nous de ton aspect ridicule.

L'HOTE.

Ah! ah! voici le bourgmestre, un instant.

HERMANN, annonçant.

M. le bourgmestre.

ROLLER.

Attendez, pour l'introduire, que le roi ait pris place sur son trône... Voilà.

Le roi des étudiants s'assied sur un fauteuil élevé sur des tables.

SCÈNE IX.

LES PRÉCÉDENTS, LE BOURGMESTRE, MARCHANDS.

HERMANN, annonçant.

Le bourgmestre...

LE ROI.

Approchez, monsieur le bourgmestre; comme nous voulons que tout se passe dans les règles, nous vous avons fait appeler.

LE BOURGMESTRE.

Messieurs, j'espère que vous respecterez les propriétés.

LE ROI.

Du moment que nous vous avons fait venir..... Combien avez-vous de miliciens dans votre village?

LE BOURGMESTRE.

Huit hommes.

LE ROI.

Vous les réunirez.

LE BOURGMESTRE.

Ils sont sur la grande place.

LE ROI.

Eh bien! vous les mettrez en sentinelle à toutes les portes... afin que le désordre ne soit pas troublé un seul instant!

On amène plusieurs bourgeois.

LE ROI, à l'un d'eux.

Que veux-tu, toi, philistin?

LE MARCHAND.

Monseigneur, pardon; je suis un malheureux débitant de tabac de la ville.

LE ROI.

Eh bien! te doit-on quelque chose?

LE MARCHAND.

On me doit beaucoup; mais on m'a pris bien davantage.

LE ROI.

Qu'est-ce qu'on t'a pris?... c'est impossible!

LE MARCHAND.

Mon Dieu! ne vous fâchez pas, monseigneur. Pardon; on n'aurait pas retrouvé dans vos charrettes couvertes, parmi vos bagages...

LE ROI.

Quoi?

LE MARCHAND.

Une femme.

LE ROI.

Une femme!

LE MARCHAND.

Oui : ma femme!... mon épouse légitime, messieurs!

Huées des étudiants.

LE ROI.

Un instant!... il n'y a que d'honnêtes gens ici ;
voilà un bourgeois qui a perdu sa femme, il faut
qu'elle se retrouve!

Tumulte parmi les étudiants.

LE ROI.

Qu'est-ce que c'est?

HERMANN.

Il y a là un étudiant qui se trouve mal.

LE MARCHAND.

C'est ma femme!

HERMANN.

Respect au costume!

Mais vous avez promis de me la faire rendre, monseigneur.

LE ROI.

Le jugement de Salomon : chacun la moitié. (*A un autre.*) Qui es-tu, toi?

DEUXIÈME MARCHAND.

Tailleur.

LE ROI.

Que demandes-tu?

LE TAILLEUR.

Qu'on me paie.

LE ROI.

Qui est-ce qui te doit?

LE TAILLEUR.

M. Diégo.

LE ROI.

Ta note.

LE TAILLEUR.

Trois cents florins.

LE ROI, à Diégo.

Reconnais-tu que les vêtements ont été fournis?

DIÉGO.

Et usés. Il n'y a rien à dire ; ils n'allaient pas très-bien étant neufs ; mais à présent ils ne vont plus du tout.

LE ROI.

Mais sur le prix ?

DIÉGO.

C'est autre chose.

LE ROI.

Combien cela valait-il raisonnablement ?

DIÉGO.

Cent florins.

LE TAILLEUR.

Jamais.

LE ROI.

Une fois... deux fois.

LE TAILLEUR.

Donnez. Mais je n'y ai pas gagné un sou.

DIÉGO.

Ni moi non plus.

LE ROI.

Et maintenant la musique !

UN TROISIÈME MARCHAND.

Monsieur Max...

UN AUTRE.

Votre Majesté...

LE ROI.

Silence !

UN AUTRE.

Monsieur Max, je suis le restaurateur du Corbeau...

UN AUTRE.

Monseigneur, je suis celui qui monte la garde quand on se bat en duel. On me doit six factions...

UN AUTRE.

On me doit quinze cents chopes de bière pour une assemblée...

UN AUTRE.

Monseigneur, je promène les chiens de messieurs les étudiants pendant les classes...

LE ROI.

L'audience est remise à demain. La musique !

TOUS.

La musique !

ROLLER, roulant un tonneau.

Un instant! messieurs, voici de quoi soutenir les voix!... Faites circuler les pots à bière.

Il défonce le tonneau et remplit les pots, qu'on distribue ensuite.

UN ÉTUDIANT, buvant.

C'est du vin !

ROLLER, goûtant à son tour.

C'est vrai. Pardon, messieurs, on l'a roulé pour de la bière, et il se trouve que c'est d'excellent vin du Rhin : excusez.

LE ROI, buvant.

Allons, on t'excuse. La musique !

UN MUSICIEN AMBULANT.

Que faut-il vous jouer, mon empereur?

UN ÉTUDIANT.

La Chasse de Ludzow!

TOUS.

Oui, *la Chasse de Ludzow!*

FLAMING.

La Chasse de Ludzow! c'est la fanfare du peuple allemand!

ROLLER.

Oui, c'est avec cela qu'il chasse .. quand il chasse.

L'HOTE.

C'est un chant de 1813 : il est défendu, messieurs.

ROLLER.

Raison de plus.

TOUS.

La Chasse de Ludzow !

ROLLER.

Bon... cela chauffe, faites circuler, et que cela
ne s'éteigne pas.

FLAMING.

Les bourgeois qui ont peur d'être compromis
peuvent se retirer.

On entend un prélude.

TOUS.

Chut ! chut !

CHOEUR.

Qui brille là-bas au fond des forêts [1] ?
De plus en plus le bruit augmente.
Pour qui ces fers, ces bataillons épais,
Ces cors dont le son frappe les forêts
Et remplit l'âme d'épouvante ?

[1] On s'est servi au théâtre de cette ancienne traduction, qui ne rend qu'im-
parfaitement les vers de Théodore Kœrner, mais qui a l'avantage de soutenir
par des syllabes sonores les notes sublimes de Weber.

Le cavalier noir jette aux échos
Ces mots :
Hurra ! hurra !
C'est la chasse... c'est la chasse de Ludzow !

D'où viennent ces cris, ces rugissements ?
Voilà le fracas des batailles !
Les cavaliers croisent leurs fers sanglants,
L'honneur se réveille à ces sons bruyants
Et brille sur leurs funérailles !

Le cavalier noir jette aux échos
Ces mots :
Hurra ! hurra !
C'est la chasse... c'est la chasse de Ludzow !

SCÈNE X.

LES MÊMES, FRANTZ, en costume de bal.

FRANTZ, traversant la foule.

Pardon de vous interrompre, frères ; mais j'ai
besoin de vous.

ROLLER.

Que veux-tu ?

FRANTZ.

J'ai une querelle, je veux deux témoins.

PLUSIEURS VOIX.

Nous voilà!... nous voilà!...

L'HOTE.

Messieurs, messieurs, le duel est défendu

HERMANN.

S'il dit encore un mot, enlevez-le, et mettez-lui la tête dans le tonneau!

LE ROI DES ÉTUDIANTS.

Un duel? avec qui?

FRANTZ.

Avec M. Henri de Waldeck.

LE ROI.

A-t-il des témoins?

FRANTZ.

Non, il va venir en chercher parmi vous; tenez, le voilà.

WALDECK.

Messieurs, M. Frantz Lewald m'a dit que deux d'entre vous voudraient bien me faire l'honneur de me servir de seconds.

PLUSIEURS VOIX.

Avec plaisir, monsieur...

FRANTZ , prenant Waldeck à part.

Vous savez nos conventions.

WALDECK.

Lesquelles?

FRANTZ.

Pas un mot sur la cause de ce duel.

WALDECK.

C'est dit.

FRANTZ.

Quelles que soient les questions des témoins...

WALDECK.

Eh! monsieur, vous avez ma parole. Pour tout
le monde, c'est une querelle de jeu. Mais, entre
nous, c'est une affaire dont je commence à com-
prendre le motif... Oui, j'ai dit à ma sœur, à la
descendante des comtes de Waldeck, branche d'une
maison princière, qu'il était ridicule de se faire
l'introductrice, le chaperon de la fille d'un petit
professeur de Francfort, de la femme d'un obscur
folliculaire, dont l'élévation subite me déplaît sans
m'étonner. Je ne m'étonne pas de ces choses-là.
J'en dis ce qu'il me plaît dire... voilà tout.

FRANTZ.

Et vos soupçons surtout m'ont paru conténir une offense pour cette dame, dont je connais la famille.

WALDECK.

Pensez ce que vous voudrez.

LE ROI.

Messieurs, pas un mot de plus. Ceci est contre les règles. Tout doit être dit maintenant devant tous. Voici vos témoins : Hermann et Flaming, Diégo et Fritz.

FRANTZ.

Sortons.

HERMANN.

Mais pourquoi pas ici même? il ne fera pas clair dehors.

LE ROI.

Ici, rien que la joie... prenez des torches, et allez-vous en là tout près, dans le jeu de boules. (*Plusieurs veulent les suivre.*) Que tout le monde reste ici, à l'exception des quatre témoins et des deux adversaires... Allez, messieurs, et faites en braves, en vieux étudiants que vous avez été... Ne vous ménagez pas.

Ils sortent.

ROLLER.

Nous avons encore ici un fond de tonneau à boire, et un reste de chanson à écouter.

LE CHŒUR, reprenant.

Qui vole ainsi de sommets en sommets?
Des monts ils quittent la clairière.
Les voilà cachés dans ces bois épais ;
Le hurra se mêle au bruit des mousquets,
Les tyrans mordent la poussière !

Le noir cavalier jette aux échos
Ces mots :
Hurra ! hurra !
C'est la chasse... c'est la chasse de Ludzow.

Qui meurt entouré de ces cris d'horreur,
Qui meurt sans regretter la vie?
Déjà du trépas ils ont la pâleur :
Mais leur noble cœur s'éteint sans terreur,
Car ils ont sauvé la patrie !

Le noir cavalier jette aux échos
Ces mots :
Hurra ! hurra !
C'est la chasse... c'est la chasse de Ludzow.

SCÈNE XI.

LES MÊMES, FLAMING.

FLAMING, en désordre.

Ouvrez, ouvrez; ciel et terre, ouvrez donc.

LE ROI.

Qu'y a-t-il ?

FLAMING.

Ce qu'il y a?... Un détachement de troupes cerne l'auberge... on vient d'arrêter Frantz, M. de Waldeck et les témoins; je me suis sauvé en sautant par-dessus le mur, et me voilà.

LE ROI.

Qui a osé faire cela ?

SCÈNE XII.

LES MÊMES, LÉO BURCKART.

LÉO.

Moi, messieurs.

LE ROI.

Et qui êtes-vous?

LÉO.

Moi, je suis Léo Burckart.

LE ROI.

Ah! le nouveau conseiller intime; et vous entrez en fonctions par l'oppression, par l'arbitraire!

LÉO.

J'entre en fonctions par le maintien des lois,
messieurs. Pour être des étudiants, vous n'en êtes
pas moins des Allemands, soumis au code du pays,
et qui devez obéir; car un jour vous serez tous quelque chose dans la famille ou dans l'état, et il faudra bien qu'on vous obéisse à votre tour.

LE ROI.

Nous avons des priviléges, monsieur...

LÉO.

Vos priviléges... d'abord, vous les avez pris, et
l'on ne vous les a pas accordés; eh bien! tels qu'ils
sont, je les admets, et je leur ai fait une part large.
Vous avez quitté la ville, je vous ai laissés faire;
vous vous êtes emparés de cette hôtellerie, je vous
ai laissés faire encore!... mais on est venu prendre
chez vous des témoins pour un duel... le duel est

10

défendu; défendu dans l'armée, défendu parmi les citoyens, défendu aux universités... Amenez les prisonniers.

SCÈNE XIII.

LES PRÉCÉDENTS, DIANA et MARGUERITE veulent entrer par une porte de côté, accompagnées du CHEVALIER; la porte ouverte latéralement les cache à une partie des spectateurs.

LE CHEVALIER.

Oh! n'entrez pas, madame, attendez.

MARGUERITE.

Mais ils vont le tuer, il est seul contre tous.

DIANA.

Rassure-toi, sois tranquille.

MARGUERITE.

Qui fait-il arrêter, grand Dieu! mais c'est Frantz... Frantz Lewald; il ne sait donc pas que j'ai été insultée dans ce bal; et que M. Frantz, l'ami de ma famille, s'est battu pour moi...

DIANA.

Oh! ne lui dis pas, ne lui dis jamais cela, Marguerite...

Pendant ce temps la foule s'est entr'ouverte, et l'on voit arriver les prisonniers amenés par quelques soldats.

LES ÉTUDIANTS.

Les voici!

ROLLER.

Mais, ils n'iront pas en prison!

TOUS.

Non! non!

LÉO.

Faites approcher ces messieurs.

MARGUERITE, bas à Diana.

Diana, Diana! il est blessé... blessé pour moi... eh bien! cela ne te fait-il rien?

DIANA.

Son adversaire est mon frère, Marguerite; peut-être est-il aussi blessé.

LÉO.

Monsieur est officier... monsieur est citoyen... ces messieurs sont étudiants, la peine sera égale pour tous. La loi vous condamne à vingt jours de prison, messieurs... vous irez en prison vingt jours.

WALDECK.

Moi? un aide-de-camp du prince! vous ne savez ce que vous faites, monsieur, ni qui vous condamnez... ni quelle est la cause du duel que vous condamnez!

FRANTZ, s'élançant vers lui.

Taisez-vous, vous m'avez juré...

LÉO.

Emmenez ces messieurs!

WALDECK.

Bien, vous me paierez cet outrage!

Les prisonniers sortent.

ROLLER.

Et nous les laissons partir ainsi?

TOUS.

Non, non, non!

LÉO.

Si, messieurs! car vous êtes des enthousiastes, des fous; mais vous n'êtes pas des rebelles... écoutez-moi un instant. Vous qui croyez aux futures grandeurs de l'Allemagne régénérée, s'il vous reste dans tout le corps une goutte du vieux sang germanique,

et dans le cœur une étincelle de son nouvel esprit
de liberté... écoutez-moi : vous êtes tous des hommes ! eh bien, à quoi vous occupez-vous ici?... à
des jeux d'enfants, à des espiègleries d'écoliers...
Est-ce le baptême des patriotes qui ont vu mourir
Kœrner, et des soldats qui ont pris Paris? il y a
mieux que de la bière et du vin dans le monde,
mieux que des villes à mettre en rumeur, et des au-
berges à piller! Il y a toute une Allemagne à re-
faire avec les longs travaux de la pensée et les du-
res veilles du génie! mettez-vous à l'œuvre. Archi-
tectes, prenez l'équerre! législateurs, prenez la
plume! soldats, tirez l'épée! (*Rumeur en sens divers.*) Toutes les carrières vous sont ouvertes! l'a-
venir n'a plus de barrières privilégiées : moi-même,
vous le voyez, je suis une preuve vivante que l'on
peut arriver à tout. Moi, c'est-à-dire un de vous,
moi, qui, après vous avoir parlé en maître, vais
vous parler en père. Allons, enfants, vous valez
mieux que vous ne croyez vous-mêmes; pesez-vous
à votre poids, et ne jetez pas vos belles années à la
dissipation, comme des grains de sable au vent...
Rentrez à l'université, seuls, libres, en chantant
vos chansons, qui sont les nôtres... et qu'on a eu
tort de proscrire... rentrez tous ensemble, comme
vous en êtes sortis, vos torches d'une main, vos
épées de l'autre; que l'on voie bien que vous avez

cédé à la persuasion, et non à la force. Le marchand a eu tort, il paiera une amende. Les juges se sont laissé entraîner à un mouvement de violence... le mandat d'arrêt sera rapporté. Messieurs Frantz et Henri de Waldeck ont transgressé les lois, ils seront punis : ainsi justice sera faite à tous, et, avec l'aide de Dieu, nous soutiendrons dignement le vieux nom de l'Allemagne !

Les musiciens prennent la tête du cortège en jouant de leurs instruments. Les étudiants sortent derrière sans chanter.

LE ROI DES ÉTUDIANTS.

Éteignez les torches et remettez les rapières dans le fourreau !... nous sommes des vaincus, et pas autre chose !

FIN DU PREMIER ACTE.

ACTE II.

ACTE II.

Les jardins de la résidence du prince au coucher du soleil. Les promeneurs passent et repassent. La façade du palais s'illumine peu à peu.

SCÈNE PREMIÈRE.

FLAMING, ROLLER, en costume d'étudiant.

FLAMING.

Allons donc, encore un instant.

ROLLER.

Non, ma foi! je ne puis pas rester si longtemps sans boire et sans fumer; et la vue d'un palais ne me réjouit pas tellement les yeux, que cela me fasse oublier la pipe et la bière.

FLAMING.

Et les jolies promeneuses?

ROLLER.

Crois-tu qu'elles viennent ici pour nous : c'est

pour ces messieurs à ceinture pendante et à sabre traînant. Aux étudiants les filles d'auberge, c'est assez bon pour eux. Tiens, ne me parle pas de ces villes d'université, qui sont en même temps résidence royale. Vive Bonn, vive Heidelberg!... D'ailleurs, voilà qu'on nous chasse.

On entend les clairons sonner la retraite.

FLAMING.

Il n'est pas l'heure.

ROLLER.

N'est-ce pas fête au palais? Qu'importe qu'il ne soit pas l'heure pour le peuple, s'il est l'heure pour le prince? D'ailleurs, c'est bientôt le moment de notre assemblée définitive, à la taverne *des Chasseurs;* le jour est proche, Flaming! et ce sera le jour de demain, peut-être : c'est pourquoi il faut se tenir debout et la ceinture serrée, comme à la veille des saintes Pâques!... Mais qu'est donc devenu Diégo?

FLAMING.

Te défierais-tu de lui?

ROLLER.

De lui? oh! non; c'est le cœur le plus brave et le plus loyal que je connaisse; mais aussi, c'est la plus pauvre tête que j'aie sondée. Ces hommes du Midi n'ont pas plus tôt avalé trois ou quatre bouteilles de bière, qu'il n'y a plus moyen d'en tirer une parole sensée ni une action raisonnable.

FLAMING.

Eh bien?

ROLLER.

Eh bien! tu sais qu'il a reçu ce soir ses lettres pour Heidelberg, et l'argent de sa route. J'ai des inquiétudes sur tout cela. Adieu.

FLAMING.

Non, je m'en vais avec toi.

ROLLER.

Pourquoi ne restes-tu pas? Tu as un oncle chambellan, tu peux prendre ta part des plaisirs aristocratiques, toi. Qui sait? une de ces grandes dames qui sera brouillée la veille avec son amant te fera peut-être l'aumône d'un coup d'œil : ce sera honorable pour l'université.

FLAMINC.

Tu es fou, Roller; tu sais bien que j'ai cessé de voir mes parents pour être tout à vous. Si l'on se défie de moi parce que je suis de famille noble, on n'a qu'à me le dire...

ROLLER.

Eh non ! c'est que j'ai le cœur plein d'amertu-
mes, voilà tout. Tiens... il suffit d'avoir un habit
brodé pour entrer là d'où nous sortons.

Frantz passe dans le fond.

SCÈNE II.

LES MÊMES, FRANTZ.

FLAMING.

N'est-ce pas Frantz Lewald, vraiment ?

ROLLER.

Frantz en habit de cour !

Frantz vient à eux et leur serre la main.

ROLLER.

Frantz, qui ne nous connaît plus... parce qu'il
est méconnaissable !

FLAMING.

Ce collet brodé ?

ROLLER.

Cette épée ?

FLAMING.

A quel ordre appartiens-tu, philosophe?

ROLLER.

De quel titre faut-il te saluer, républicain?

FRANTZ.

Mon ordre, celui des frères de la liberté ; et mon nom est Frantz Lewald, toujours le même. Eh! mon Dieu, pourquoi tant de surprise? n'est-ce pas une chose bien singulière que de me voir ici! On m'a invité au palais, comme tout le monde, comme tout bourgeois honorable a droit de l'être. Fais demander un billet à ton oncle, Flaming; va mettre un habit, Roller; revenez tous deux, et le maître des cérémonies vous accueillera comme il va m'accueillir.

FLAMING.

Frantz, nous te plaignons sincèrement. Au lieu d'aller avec eux, viens avec nous, je te le conseille. Au lieu de nous exciter à revêtir une livrée, quitte la tienne! à moins qu'elle ne serve à cacher une résolution glorieuse, à moins que le bouffon ne recouvre le Brutus.

FRANTZ.

Adieu, frère. Je ne suis pas Romain, mais Allemand ; je n'étudie pas la liberté dans les livres, mais dans les faits. Les époques ne sont jamais semblables, et les moyens diffèrent aussi. Quand tout sera prêt, appelez-moi, faites-moi un signe, et vous me retrouverez courageux et fidèle. En attendant, laissez - moi marcher dans mes plaisirs et dans mes peines; je hais cet esprit de liberté farouche, qui méprise toute fantaisie, toute gaieté, tout amour!... qui foule aux pieds les fleurs, et qui se défend de toutes joies, comme s'il n'était pas impie de repousser les dons du ciel!... Ah! donnez-moi l'occasion de servir enfin notre patrie; mais délivrez-moi du tourment de haïr, de méditer des plans funestes! faites qu'il n'y ait un jour qu'un bras à joindre aux vôtres, un grand coup à frapper au péril de ma vie, et si c'est aujourd'hui, si c'est tout à l'heure, eh bien, dites-le-moi, pour que je dépouille cet habit, et que je me mette à l'œuvre, le front levé et les mains nues!

FLAMING.

Non, Frantz! non! tu peux baisser le front encore en passant devant les altesses; tu peux offrir ta main gantée au maître des cérémonies, et tu n'en seras pas moins le bienvenu pourtant à faucher bientôt la moisson que nous avons semée. Nous lisons dans ton cœur, Frantz Lewald; ton cœur est

pur et sincère, et nous nous plaignons seulement
de ne pas l'avoir tout entier.

FRANTZ.

Eh bien! oui, plaignez-moi. Adieu! nos cœurs se
comprennent, et j'ai honte des choses que nous pen-
sons tous trois en ce moment, sans oser les dire!...
Pourtant, je vous demande d'être discrets, comme
si j'étais confiant!

ROLLER.

C'est bien, c'est bien; et pourvu que ton sang soit
toujours aussi prêt à couler pour la patrie... qu'il
l'a été dernièrement à couler pour une femme...

FRANTZ.

Oh! silence, mes amis, silence!.. à demain!

FLAMING.

A cette nuit, tu veux dire.

FRANTZ.

Y a-t-il donc quelque chose d'arrêté?

FLAMING.

Tu le sauras, adieu!

SCÈNE III.

Les mêmes, OFFICIER.

L'OFFICIER.

Sortez, messieurs, il est l'heure, sortez...

FRANTZ.

Pardon, j'entre au palais, je suis invité.

L'OFFICIER.

Votre billet.

FRANTZ.

Le voilà.

L'OFFICIER.

Laissez passer monsieur.

FLAMING.

Allons, Roller.

ROLLER.

Mais Diégo, Diégo, tu ne l'as pas vu sortir?

L'OFFICIER.

Messieurs, les portes se ferment.

FLAMING.

Viens donc, il sera parti et nous attend à la taverne.

SCÈNE IV.

L'OFFICIER, DIÉGO, Soldats.

LE CONCIERGE.

Peut-on fermer la porte, mon lieutenant?

L'OFFICIER.

Oui, sans doute. On relèvera les sentinelles au dehors, sans ouvrir les grilles, afin que les invités puissent se promener dans les allées.

On amène Diégo entre deux soldats.

DIÉGO.

Lâchez-moi, je vous le dis, lâchez-moi, ou j'ameute contre vous toute l'université!

L'OFFICIER.

Qu'est-ce? un promeneur en retard, un bourgeois de la ville? laissez sortir.

DIÉGO, un peu ivre.

Un bourgeois... pour qui me prenez-vous! je ne suis pas un bourgeois, je suis un brave étudiant!

L'OFFICIER.

Qu'est-ce qu'il a fait?

11

LE PREMIER SOLDAT.

Au moment où tout le monde sortait, il se cachait derrière une statue.

DIÉGO.

Je ne me cachais pas : je méditais.

LE DEUXIÈME SOLDAT.

Il dégradait les monuments publics.

L'OFFICIER.

Qu'est-ce, enfin? et de quoi s'agit-il?

LE PREMIER SOLDAT.

Vous savez bien, mon commandant, ce guerrier d'autrefois, habillé en Romain, sur la terrasse du midi : cet homme s'en est approché en faisant de grands gestes, comme s'il jouait la tragédie. J'étais en faction, je n'ai rien dit ; la consigne ne défend pas aux bourgeois de causer avec les statues.

DIÉGO.

Je ne suis pas un bourgeois!

L'OFFICIER.

Est-ce tout?

LE PREMIER SOLDAT.

Non, mon commandant; alors j'ai fait semblant

de tourner le dos, alors le bourgeois s'est mis à graver quelque chose sur le piédestal.

L'OFFICIER.

Qu'a-t-il écrit?

PREMIER SOLDAT.

Rien : des mots sans suite. Il a gâté le marbre, voilà tout; d'ailleurs, je ne sais pas lire.

L'OFFICIER, à l'autre.

Qu'a-t-il écrit?

DEUXIÈME SOLDAT.

Il a écrit : « *Tu dors, Brute.* »

PREMIER SOLDAT.

Voyez-vous, mon commandant, des injures à un factionnaire. Oh! que non, je ne dormais pas, bourgeois.

DIÉGO.

Ignorant! qui prend pour lui un souvenir de l'antiquité, une citation latine... Vous connaissez cela, vous, commandant.

L'OFFICIER.

Je ne connais que mon service, monsieur; et tout ceci commence à devenir suspect. Avec quoi avez-vous gravé ces mots?

PREMIER SOLDAT.

Avec un poignard.

DIÉGO.

Avec quoi donc? avec le tuyau de ma pipe... et
cela vous est-il suspect aussi, un poignard d'étudiant?

L'OFFICIER.

C'est selon les circonstances.

PREMIER SOLDAT.

Hum!... un étudiant de cet âge-là...

DIÉGO.

On apprend à tout âge.

DEUXIÈME SOLDAT.

C'est un bourgeois, mon commandant.

DIÉGO.

Un bourgeois?... Tiens, connais-tu cela?

Il tire un ruban caché sous ses habits.

L'OFFICIER, prenant le ruban.

C'est le cordon où ils inscrivent leurs duels...
c'est la médaille qu'ils portent en souvenir de 1813.
C'est bien, emmenez cet homme au corps-de-garde;
il y passera la nuit, et demain il se fera réclamer par
le doyen des études.

DIÉGO , résistant.

Au corps-de-garde?... un étudiant au corps-de-
garde !

SCÈNE V.

LES MÊMES , LE CHEVALIER.

LE CHEVALIER , entrant.

Qu'est-ce que cela? un étudiant qu'on arrête...
C'est toi, Diégo?

DIÉGO , exalté.

Vils sicaires !

LE CHEVALIER.

Commandant, je connais cet homme.

L'OFFICIER.

Vous, monsieur le chevalier?

LE CHEVALIER.

Ne troublez pas la fête pour si peu de chose...
laissez-nous, je réponds de lui.

L'OFFICIER.

Il suffit. Marchons...

L'officier et les soldats sortent.

LE CHEVALIER, à Diégo.

Tu vois que les frères ne s'abandonnent pas... Je t'ai sauvé, tu es libre.

DIÉGO.

Ah! Paulus... c'est toi! toujours parmi les esclaves!

LE CHEVALIER.

Moi-même. Et toi, toujours parmi les ivrognes!

DIÉGO.

Je n'ai pas changé de religion, au moins; aussi, toujours prêt à risquer ma vie pour la bonne cause! toujours voyageur, ambassadeur des républiques! ces jours derniers à Gottingue, à Leipsick, demain à Heidelberg...

LE CHEVALIER.

Tu vas à Heidelberg?

DIÉGO.

En voiture, en grand seigneur! tiens, voilà des sequins de Venise, des ducats, des piastres d'Espagne...

LE CHEVALIER.

Et qui t'a donné cela?

DIÉGO.

Qui m'a donné cela? celui qui veille pendant que le maître est endormi. En voilà, en voilà encore.

LE CHEVALIER.

Mais tu as une somme...

DIÉGO.

Il y a là de quoi faire sauter la banque... si le jeu n'était pas défendu! Infâmes tyrans, qui ont défendu le jeu : mais dans trois mois il n'y en aura plus de tyrans, je les abolis!... j'ai là leur condamnation. Adieu, Paulus, il faut que je parte demain matin au point du jour!

LE CHEVALIER.

Hé bien! tu as le temps : écoute-moi; à ta place, avant de supprimer les tyrans, je voudrais les voir de près. Veux-tu que je te présente aux tyrans?

DIÉGO.

Oui, pour les frapper dans leur fête!

LE CHEVALIER.

Non, pour manger leurs glaces, boire leur vin et gagner leur argent.

DIÉGO.

Gagner leur argent! On joue donc à la cour?

LE CHEVALIER.

On ne joue plus que là, puisque le jeu est défendu ailleurs.

DIÉGO.

Oh! les despotes! Eh bien, oui, je veux gagner
leur argent; oui, je veux boire leur vin; oui, je
veux manger leurs glaces! Conduis-moi à eux.

LE CHEVALIER.

Un instant. Diable, il faut changer de costume;
viens chez moi, je te prêterai un de mes habits. Tu
ne parleras qu'espagnol; mais tu mangeras, tu boi-
ras et tu joueras comme un Allemand. Cela te
convient-il?

DIÉGO.

Si cela me convient, pardieu!

LE CHEVALIER.

Silence, quelqu'un s'approche, c'est le grand-
maréchal; partons, qu'il ne te voie pas sous ce costume. Viens chez moi.

DIÉGO.

Tu es mon sauveur! tu sers la liberté à ta manière, c'est bien...

Ils sortent.

SCÈNE VI.

LE GRAND MARÉCHAL, MARGUERITE, DIANA.

LE GRAND MARÉCHAL.

Mesdames, les jardins sont libres, et vous pouvez vous y promener en toute sécurité. Pardon...

DIANA.

Nous vous remercions. L'air des salons est étouffant.

LE GRAND MARÉCHAL.

C'est une critique dont nous allons profiter; madame, tout sera ouvert dans un instant.

SCÈNE VII.

DIANA, MARGUERITE.

DIANA.

Eh bien! toujours triste?

MARGUERITE.

Oh! ne comprends-tu pas, Diana, que cette vie m'est insupportable; constamment séparée de Léo, réduite à regretter le temps où je me plaignais de le

voir à peine! Depuis trois mois, c'est au plus s'il
m'a donné quelques jours, et le voilà absent encore
depuis six semaines... Forcée de venir à ce bal, je
fais ce que je puis pour remplir en tout mon devoir.
Ma vie est attachée à des conventions que je res-
pecte... et je regrette de n'avoir pas assez de religion pour les supporter sans souffrir!

DIANA.

Mais ton mari revient, tu le sais; les conférences
de Carlsbad sont achevées... tu vas le revoir tout
glorieux de son triomphe.

MARGUERITE.

Eh bien! sa présence, vois-tu, m'est souvent
plus douloureuse encore que son éloignement!...
Ah! j'ai le cœur plein d'amertume et d'ennui!...
Étais-je née pour devenir l'épouse d'un ministre?
moi, pauvre femme, élevée dans la classe bourgeoise, et à qui l'on ne craint pas de le rappeler
souvent!

DIANA.

Que veux-tu dire? n'aimes-tu pas ton mari?... Je
pensais que vous vous étiez unis par amour...

MARGUERITE.

Ah! Diana! l'amour pour de telles natures n'est
rien qu'un caprice, une fantaisie... Le mariage n'est
que l'accomplissement d'un devoir envers la so-

ciété, et ne leur offre tout au plus qu'un repos pas-
sager à des ambitions plus dignes de les émouvoir...
est-ce assez pour une femme, Diana? Et ne puis-je
regretter de n'avoir pas confié le soin de mon honneur à quelque esprit plus humble, et moins préoccupé du bonheur de tous?

DIANA.

Prends garde, tu te condamnes en avouant que
la foi manque à ton cœur... Ah! Marguerite!... la
résignation est la plus grande vertu des femmes;
c'est l'amour d'elles-mêmes qui les perd plus souvent
encore que l'autre amour, et ceux qui les séduisent ne
sont que les complices de leur orgueil. Il en est tant
parmi nous qui trouveraient ta position digne d'envie! Ce repos dans le devoir, cet honneur dans
le sacrifice, n'est-ce pas la vraie couronne que Dieu
réserve à notre carrière!... Mais il y a des fronts
qu'il a jugés indignes de la porter jamais!

MARGUERITE.

On vient, Diana... rentrons.

LE MARÉCHAL.

Mesdames, le prince est descendu dans les jardins, et s'étonnait tout à l'heure de ne point vous y
rencontrer.

Il sort.

MARGUERITE.

Nous sommes aux ordres de son altesse.

DIANA.

Je l'aperçois qui passe dans cette allée... Écoute-moi, Marguerite : j'ai besoin de parler au prince un instant; assieds-toi là , près de ces fleurs ; je te rejoins et te présenterai ensuite.

MARGUERITE.

Tu vas me laisser seule?...

DIANA.

Quelques minutes au plus; écoute, cela est grave, vraiment : mon frère est disgracié, et c'est ton mari qui lui a fait perdre ses emplois... Je vais parler au prince en sa faveur. Mais, tiens, voilà notre ami Frantz Lewald, qui voudra bien t'accompagner pour rentrer au palais.

Elle sort.

MARGUERITE.

Diana!...

FRANTZ.

Un seul mot, madame, au nom de notre ancienne amitié.

SCÈNE VIII.

FRANTZ, MARGUERITE.

MARGUERITE.

Que voulez-vous me dire?

FRANTZ.

Ne le devinez-vous pas, mon Dieu! c'est que je ne
comprends plus rien à votre conduite avec moi.
Suis-je donc devenu maintenant pour vous ennemi,
que je ne peux plus vous voir que devant des étrangers, comme tout le monde, moins que tout le
monde.

MARGUERITE.

Pardon... non, il vaut mieux que je vous dise
tout dès à présent : si je ne vois plus en vous un
ami, c'est que vous n'êtes plus le même, monsieur
Frantz! vous voulez me compromettre, vous voulez
me perdre; vous me suivez partout, monsieur; et
je ne puis tourner la tête sans vous retrouver sombre et pensif derrière moi! Si vous me parlez devant des étrangers, c'est avec des paroles ambiguës,
avec une émotion singulière souvent... et même...
n'avez-vous pas osé m'écrire?... m'écrire comme

vous l'avez fait, c'est une trahison! j'ouvre votre
lettre sur la foi d'une ancienne et pure amitié, et
j'y trouve des phrases insensées! ah! monsieur...

FRANTZ.

Grand Dieu! vous m'avez si mal jugé! mais j'a-
vais la tête perdue! vous ne savez peut-être pas :
Deux fois je me suis présenté chez vous, comme autrefois, et votre porte m'a été fermée.

MARGUERITE.

Mon mari était absent, absent pour le service du
prince... de l'état.

FRANTZ.

Votre mari! ah! tenez, ne me parlez pas de votre
mari!... ou je vous en parlerai, moi!

MARGUERITE.

Je me retire.

FRANTZ.

Marguerite! ah! ne me privez pas de cet instant,
dussiez-vous m'arracher le cœur, comme avec vos
premières paroles! Ecoutez, si je ne suis pas reçu de
vous, si je ne vous vois pas à toute heure, comme
le premier indifférent peut le faire... c'est que vous
savez bien que des liens sacrés me rattachent aux
ennemis de votre époux. Je ne le méprise pas, vous

voyez... Il a d'autres principes, et des opinions sé-
vères nous séparent jusqu'à la mort! Marguerite,
ah! ne me défendez pas de vous aimer... non, je
veux dire de penser à vous seulement, et votre mari,
qui vous délaisse, ne s'apercevra jamais d'une sympathie d'âmes, si pure, si discrète, qu'elle ne prétend rien sur la terre, et qu'elle est pour ainsi dire
un espoir de la vie du ciel!...

MARGUERITE.

Comment pouvez-vous penser à Dieu et me parler
ainsi?

FRANTZ.

Dieu n'a pas prononcé l'éternité des unions humaines! il y a dans certains pays des lois qui peuvent les dissoudre... et partout il y a la mort!

MARGUERITE.

Taisez-vous.

FRANTZ.

La mort!... elle nous entoure, elle rampe sous ces
fleurs et aux lueurs de cette fête! pardonnez-moi de
vous frapper de crainte, mais il faut que vous le
sachiez pourtant! vous ne voyez donc pas qu'il se
prépare ici des luttes sanglantes! avant deux jours,
peut-être, les amis et les époux se chercheront, in-

quiets et pleurants, comme le lendemain d'un combat ou d'un incendie !

MARGUERITE.

Quelle pensée avez vous, ô ciel?... mon mari serait menacé !...

FRANTZ.

Et je ne parle ici que de la possibilité de ma mort !
Je vous demande un peu de bonté... comme celui
que le couteau menace, et qui obtient la pitié même
de ses juges ! Marguerite ! dites-moi seulement que
notre pensée s'unit en Dieu, afin que je me dévoue
s'il le faut avec plus de courage...

Il lui prend la main.

MARGUERITE.

Non ! non ! laissez-moi : voici Diana qui revient !

Elle lui serre le bras en se débattant. — Frantz fait un mouvement comprimé.

—Grand Dieu ! vous avez été blessé là, blessé pour
moi. Oh! malheureuse!... Frantz, il y a donc entre
nous un sort bien fatal. Je ne voulais pas vous af-
fliger, Frantz, mon Dieu... mais que puis-je faire?...
Diana !... je suis sauvée.

Elle s'élance vers Diana.

SCÈNE IX.

Les mêmes, DIANA.

DIANA, tout émue de son côté.

Rentrons, tout ceci m'indigne...

MARGUERITE, à part.

Elle ne s'aperçoit de rien !

DIANA.

Le prince m'a refusé la grâce de mon frère !...

MARGUERITE, se remettant.

De ton frère, Diana ... M. de Waldeck ?

DIANA.

Et c'est ton mari qui l'avait fait destituer à la suite de ce duel fatal !

MARGUERITE.

Dieu !

DIANA.

Et parce que ce jeune homme imprudent, furieux, a prêté l'oreille à ces conspirateurs de tragédie dont on fait tant de bruit depuis quelques jours !... rien ne peut désarmer le prince ; mon crédit s'y est perdu ! il m'a refusée, moi !

12

MARGUERITE.

Rentrons, mon amie, cette fête est triste et funèbre... Je vais partir.

DIANA.

Ton mari revient ici cette nuit.

Elles rentrent.

SCÈNE X.

FRANTZ, seul.

Enfin, je l'ai vue! j'ai tout avoué... j'ai tout dit!
elle m'a entendu sans colère... Oh! il y a bien près
de son silence à un aveu... Comment ai-je trouvé
dans mon âme cette hardiesse inespérée, dont je
m'étonne encore? qui m'a inspiré cette résolution
soudaine? à moi si timide jusque-là... qui sait? les
sons de la musique, l'enivrement de la fête?... ah!
elle avait tout deviné, tout compris!... elle sui-
vait les progrès de cet amour qui s'amassait dans
mon cœur, et elle y répondait peut-être avant même
qu'il n'eût éclaté. Oh! qui saura jamais le secret de
tous ces cœurs de jeunes filles, qui ne peuvent répondre qu'à l'amour qui leur est offert, et qui ont

souvent à cacher des préférences qu'on ignore! Aujourd'hui seulement, je mesure toute la folie de mes espérances d'hier!... une femme si jeune et si noble de cœur, et qui devrait être gardée de tout amour par un nom illustre... Oh! l'amour, l'amour sincère et tout-puissant n'est donc pas une invention des poëtes; l'amour triomphe de tous les obstacles! il brise en un instant ces inégales conventions de la société, qui enchaînent la colombe à l'aigle, la femme aimante à l'homme dont le cœur s'est glacé!... Oh! je suis heureux! je suis fier! Qu'on ne vienne plus me parler de complots, d'ennemis à présent!... je n'ai plus rien d'amer dans l'âme; je suis heureux, je suis aimé!...

SCÈNE XI.

FRANTZ, WALDECK.

WALDECK, s'approchant.

Pardonnez-moi, monsieur, d'avoir surpris vos dernières paroles... Vous parliez d'ennemis, et je saisis cette occasion de vous dire que j'espère ne plus être compté parmi les vôtres.

FRANTZ.

Il est inutile de réveiller ce souvenir.

WALDECK.

Veuillez m'accorder un instant. Quand les épées de deux hommes d'honneur se sont une fois rencontrées, il y a entre eux dans l'avenir plus de chances pour l'amitié que pour la haine.

FRANTZ.

Je n'ai nul motif de haine contre vous, monsieur, je vous ai adressé une provocation, vous m'avez rendu une blessure, nous sommes quittes.

WALDECK.

Oh! nous ne pouvons plus être indifférents l'un à l'autre. A compter de cette heure, nous devenons compagnons de danger, frères d'opinion. Dès aujourd'hui, j'appartiens comme vous à la Jeune Allemagne. Demain je ne serai plus un instrument de la tyrannie, mais un citoyen de la patrie régénérée. Depuis longtemps c'était mon espoir, et je rêvais en secret la liberté de l'Allemagne.

FRANTZ.

Et vous gardiez ce secret-là avec une discrétion que je vous recommande encore!

WALDECK.

C'est tout ce que vous avez à me répondre?

FRANTZ.

Je réponds que si des gens de cœur, qui rêvent l'affranchissement de leur pays, sont obligés de grossir leurs rangs avec des conspirateurs intéressés ou d'ambitieux transfuges, du moins ils ne les admettent jamais ni à leur amitié, ni à leurs confidences... parce qu'ils savent trop que ces alliés de la veille sont les traîtres du lendemain!

WALDECK.

C'est bien, je sais maintenant ce que je dois attendre de vous, monsieur! Il me reste à m'acquitter d'un message, venant des hommes mêmes, qui m'ont jugé plus digne que vous ne le pensez de leur confiance et de leur amitié!

Il lui laisse un billet et sort.

FRANTZ, lisant le billet près d'un candélabre.

Demain la réunion!... demain!... Que faire?... Tout se confond, tout s'obscurcit devant mes yeux!

Il sort précipitamment.

SCÈNE XII.

LE MARÉCHAL, suivant de loin Frantz qui s'éloigne.

Monsieur!... (*Seul.*) Il me semble que ces deux invités se parlaient un peu haut... serait-ce encore une provocation?

Le chevalier et Diégo entrent par la grille.

SCÈNE XIII.

LE MARÉCHAL, LE CHEVALIER, DIÉGO.

LE CHEVALIER, à Diégo vêtu d'un habit de cour.

C'est cela ; un peu plus de cambrure aristocratique dans la taille : la main gauche à la garde de l'épée ; saluons gravement, et ne répondons qu'en portugais ou en espagnol.

DIÉGO.

Me courber devant ces vils courtisans!

LE CHEVALIER.

Monsieur le maréchal, permettez que je vous présente l'illustre étranger pour lequel je vous ai demandé une lettre d'invitation.

LE MARÉCHAL, s'inclinant.

Monsieur...

LE CHEVALIER.

Le seigneur Don Diégo Ramirez de la Plata...

LE MARÉCHAL.

Seigneur...

LE CHEVALIER.

Ancien conseiller d'état du gouvernement provisoire de Tampico...

LE MARÉCHAL.

Ah! ah!...

LE CHEVALIER.

Ex-ambassadeur du grand Bolivar, à différents
souverains et empereurs.

LE MARÉCHAL.

Monseigneur...

LE CHEVALIER.

Ex-grand chambellan...

DIÉGO, bas.

Assez!... tu m'humilies avec toutes ces grandeurs.

LE MARÉCHAL.

Votre seigneurie veut sans doute être présentée
à son altesse...

LE CHEVALIER, bas à Diégo.

Réponds en espagnol, il ne le sait pas.

DIÉGO, au Maréchal.

Yo que soy contrabandista !

LE CHEVALIER.

Il ne connaît pas un mot de notre langue : j'ai eu toutes les peines du monde à le décider.

LE MARÉCHAL.

Alors vous permettez... Il faut que je surveille, que je sois partout.

LE CHEVALIER.

Comment donc... Allez, allez, monsieur le grand maréchal. (*A Diégo*). Salue donc.

SCÈNE XIV.

DIÉGO, LE CHEVALIER.

DIÉGO.

Oui! va ramper plus loin, esclave doré! va-t'en changer de couleur, caméléon.

LE CHEVALIER, arrêtant un valet qui porte un plateau.

Un verre de punch! allons.

DIÉGO, prenant le verre.

Oui! digérons toutes ces bassesses.

LE CHEVALIER.

Un autre verre!...

DIÉGO, buvant.

Quand je pense que ce breuvage de courtisan est trempé des pleurs des victimes!...

LE CHEVALIER.

Tu le trouves trop faible, n'est-ce pas! hé bien, tiens, voici une tranche d'ananas dans un verre de Tokay... apprécie un peu ce rafraîchissement.

DIÉGO.

Hélas!... la sueur des malheureux noirs a arrosé ce fruit délicat!... Si nous allions jouer, Paulus, maintenant que je suis présenté.

LE CHEVALIER.

Revenons au punch!... hein?

DIÉGO.

Oui! qu'il ne leur en reste plus une goutte! Mais tu ne bois pas, toi?...

LE CHEVALIER, se balançant.

Moi?... je suis gris! ma parole... je n'y vois plus; je ferais des folies...

DIÉGO.

Nous nous soutiendrons. Allons jouer, mon argent me brûle!

SCÈNE XV.

LES MÊMES, LÉO BURCKART.

LÉO entrant par la grille, à un domestique.

Allez dire au plus grand de ces deux hommes que quelqu'un désire lui parler.

LE DOMESTIQUE, au Chevalier.

C'est son excellence...

LE CHEVALIER, à Diégo.

Tiens, la salle au fond : je t'y rejoins... va (*A Léo.*) Monseigneur revient en bonne santé?

LÉO.

Merci.

LE CHEVALIER.

Son altesse est-elle prévenue de votre arrivée?

LÉO.

Je lui ai fait demander ses ordres. Le prince m'a fait répondre : A demain les choses sérieuses! Mais, comme il faut que je le voie, et que je ne puis entrer dans les salons avec ce costume... prévenez-le, Paulus, que j'attends ici, et que je serais reconnaissant qu'il voulût bien m'accorder quelques minutes, soit dans les jardins, soit dans son cabinet.

LE CHEVALIER.

Nous avons eu des nouvelles de votre excellence; elle a fait merveille au congrès, et je suis heureux d'être le premier à l'en féliciter.

LÉO.

J'avais toujours dit que celui qui de nos jours ferait de la diplomatie franche et loyale, tromperait tous les autres. Ils ne peuvent se figurer que l'on pense ce que l'on dit, ni que l'on dise ce que l'on pense; et, tandis qu'ils cherchent le sens caché de paroles qui n'en ont pas, on arrive au but, comme la tortue de la fable, en allant droit son chemin. Et ici?

LE CHEVALIER.

Oh! ici il y a bien des choses. D'abord grande effervescence dans l'Université...

LÉO.

Je sais.

LE CHEVALIER.

Mais en plus, conspiration établie, marchant à

son but aussi, moins franchement que vous, monseigneur ; mais ayant cependant bien des chances
d'y arriver, si, par un hasard...

LÉO.

Est-ce que vous savez...

LE CHEVALIER.

Je sais... c'est-à-dire je saurai quelque chose cette
nuit. Donnez-moi seulement congé jusqu'à demain,
monseigneur.

LÉO.

Vous êtes libre : seulement, prévenez le prince.

LE CHEVALIER.

Dirai-je un mot de votre retour à madame?

LÉO.

Non, je vous prie : l'état avant tout, mon bonheur après; allez.

Le Chevalier sort.

SCÈNE XVI.

LÉO seul.

Oui, oui, conspiration ici, conspiration là-bas.
C'est un immense réseau qui enveloppe toute l'Alle-

magne, et voilà à quoi s'occupent les princes, tandis
que les complots rampent autour d'eux!... Des complots d'écoliers, il est vrai, auxquels la grande foule
demeure indifférente, et qui reposent sur des idées
non pas nouvelles, mais apprises des Grecs et des
Romains, apprises par cœur... Et ce serait un noble
effort pourtant, si la vraie et solide liberté, la liberté
de l'avenir n'était pas à la merci de ces tentatives
impuissantes!... Hélas! pourquoi faut-il que les
idées généreuses aient toujours la vue si courte!...

SCÈNE XVII.

LÉO, DIANA.

DIANA.

Ah! c'est vous, monsieur... venez; le prince vous
attend.

LÉO.

Madame... et vous m'accompagnerez près de lui.

DIANA.

Oui, monsieur.

LÉO.

Allons...

Il va la suivre avec un mouvement marqué.

SCÈNE XVIII.

Les mêmes, MARGUERITE.

MARGUERITE, entrant du côté de Diana. — Bas.

Diana, Diana.

DIANA.

Marguerite.

MARGUERITE.

Est-ce que je ne pourrai pas le voir à mon tour? Est-ce que je ne pourrai pas lui parler, moi, sa femme?

DIANA.

Votre femme demande à vous parler un instant: cela est juste. Je me rends près du prince. Je vous annoncerai.

Elle sort.

LÉO.

Marguerite...

MARGUERITE.

Léo, mon ami...

LÉO.

Tu ne recevras plus dans ta maison mademoiselle de Waldeck : je te dirai pourquoi.

MARGUERITE.

Pourquoi? ah! n'importe; c'est à elle que je dois le bonheur de te parler. Tu reviens, Léo, et tes premières paroles sont à des étrangers!

LÉO.

Appelles-tu l'Allemagne une étrangère? Appelles-tu le prince un étranger?

MARGUERITE.

Ah! que je suis heureuse de te revoir; j'avais besoin de ton retour, Léo. C'est Dieu qui te ramène. Tu ne sais pas ce qu'il y avait en moi de doutes et de craintes. Mais te voilà, je ne veux pas demeurer plus longtemps à ce bal; partons.

LÉO.

C'est impossible, mon enfant; il faut que je reste près du prince. En ce moment le prince m'attend dans son cabinet.

MARGUERITE.

Eh bien! je rentre toujours; je t'attendrai.

LÉO.

J'aurai probablement à travailler jusqu'au jour, et demain encore.

MARGUERITE.

Ainsi, te voilà revenu, et je ne pourrai te voir davantage !

LÉO.

C'est pourquoi je ne voulais pas que l'on t'apprît mon retour ce soir.

MARGUERITE.

Oh ! si l'on m'avait dit autrefois que nous serions dans la même ville, et qu'il y en aurait un de nous qui cacherait sa présence à l'autre...

LÉO.

Si l'on t'avait dit cela, eh bien !... tu ne m'aurais pas choisi pour mari ; n'est-ce pas ce que tu veux dire ?... C'est juste... les femmes ont besoin que l'on ne s'occupe que d'elles. Il faut qu'un mari soit toute sa vie un amant, et qu'il songe sans cesse à les divertir de cet ennui profond qui les accable toutes, depuis que la société leur a imposé le désœuvrement comme une convenance !...

MARGUERITE.

Assez ! mon ami ; vous n'avez pas besoin de vous armer contre moi de vos graves idées de réforme... L'amour n'est pas dans les longues heures perdues, il est dans un mot qu'on dit, dans une main qu'on serre, dans l'expression d'un adieu...

UN DOMESTIQUE.

Son altesse attend monseigneur dans son cabinet.

LÉO.

Tu vois, mon amie... Que veux-tu que je te dise?... Le temps est changé : proscrit, toutes mes heures étaient à moi, et par conséquent à nous; ministre, tous mes instants sont au prince, au peuple, à l'Allemagne. Pardonne-moi, Marguerite, je ne t'en aime pas moins pour cela ; mais, que veux-tu? la nécessité est là, il faut y céder... Adieu, mon enfant.

Il l'embrasse.

MARGUERITE, seule.

Un baiser froid comme son cœur.

SCÈNE XIX.

MARGUERITE, FRANTZ.

FRANTZ.

Madame!

MARGUERITE.

Frantz!... vous nous écoutiez, monsieur!

13

FRANTZ.

Je n'entendais pas; mon cœur est tout bouleversé.
Ne me repoussez pas cette fois. Un mot, un mot terrible, et plus tard tout vous sera dit.

MARGUERITE.

On va nous remarquer, monsieur.

FRANTZ.

Je vous ai parlé, n'est-ce pas, de ce pouvoir suprême et mystérieux auquel il fallait que j'obéisse...
eh bien! il est venu me chercher jusqu'au milieu du
bal, jusque sous vos yeux. Un homme m'a remis un
billet. Demain, Marguerite, demain, à minuit, une
chose terrible se décidera, qui va m'envelopper,
m'entraîner, m'emporter loin de vous; peut-être
pour longtemps, peut-être pour toujours.

MARGUERITE.

Eh bien! nous serons malheureux chacun de notre
côté, voilà tout; un peu plus de souffrance, qu'importe?

FRANTZ.

Oui; mais je ne veux pas vous quitter ainsi, Marguerite; je ne veux pas, si l'avenir me garde le sort
de Kœrner ou de Staps, mourir sans vous avoir parlé
une dernière fois... Oh! la mort me serait trop
cruelle alors, et je ferais quelque lâcheté!

MARGUERITE.

Mais que me dites-vous là, Frantz?

FRANTZ.

Je vous dis tout ce que je puis vous dire, et ce que je vous cache est le plus terrible... Marguerite! oh! j'ai besoin de vous voir demain!

MARGUERITE.

Me voir!... eh bien! demain je pourrai vous recevoir chez moi, Frantz.

FRANTZ.

Chez vous!... oh! ce n'est pas cela! chez vous... c'est chez M. Léo Burckart... Je n'entrerai pas devant tous, en plein jour, chez l'homme qui est devenu l'ennemi de tous mes frères, et dont les mains auront peut-être à se teindre un jour de leur sang!

MARGUERITE.

Frantz!

FRANTZ.

Oh! c'est un homme d'honneur, j'en conviens... mais, je vous l'ai dit, il est le soldat d'une opinion et moi je suis celui d'une autre... Hélas! quelle âme humaine a jamais été soumise à de telles épreuves?... Écoutez! point de coquetterie ici, point de vaines terreurs; quelque chose me dit que cette nuit de demain me sera funeste... Que je vous voie

seulement! que j'entende quelques douces paroles
à ce moment suprême..... Autrement, seul au
monde... à qui dirais-je le secret de ma vie et de
ma mort?... Ma mère n'est plus, et je n'ai point
d'autre sœur que vous!...

MARGUERITE.

Ah! que faire?

FRANTZ.

Ce billet, écrit à la hâte à la lueur de ces flambeaux, vous dira tout, Marguerite.

MARGUERITE.

Mais on vient...

UN DOMESTIQUE.

La voiture de madame est avancée.

FRANTZ, haut, et de manière à être entendu.

Me permettrez-vous, madame, de vous donner la
main jusque là?

On sort en foule du palais. Frantz donne à Marguerite son billet, en l'accompagnant
jusqu'à la grille.

FIN DU DEUXIÈME ACTE.

ACTE III.

ACTE III.

Cabinet de Léo Burckart. — Une table chargée de papiers.

SCÈNE PREMIÈRE.

MARGUERITE , entrant et regardant de tous côtés.

Il n'est pas de retour encore... il n'est pas même
revenu ici... Ses papiers... ses livres... tout est à la
même place, et comme il l'a laissé en partant...
Oh! je n'ai pas fermé l'œil de la nuit... ma tête est
brûlante... les heures se sont écoulées à l'attendre...
et à craindre son retour... Étrange situation que la
mienne! Qu'ai-je donc fait pour trembler ainsi...
Frantz demande à me voir, à me dire adieu!.. Frantz
est un ami d'autrefois, le seul ami qui me soit resté;
et, d'après tout ce qu'il m'a dit, il me semble que
je ne puis repousser sa demande... Lisons encore
cette lettre... elle est écrite sur le papier même qui

lui assigne le rendez-vous fatal dont il me parlait...
L'écriture est déchirée, mais il y reste un cachet
funèbre... une tête de mort et des poignards en
croix, puis des mots latins que je ne puis compren-
dre... Oh! mon Dieu! les voilà bien ces lignes tracées
au crayon !

« Il y a une heure de chaque soirée où votre mari
« se rend d'ordinaire au château... à cette heure-là,
« je le sais, vous avez l'habitude de prier dans votre
« oratoire, dont une porte donne sur le cloître des
« Augustins. Laissez seulement une clef à cette porte,
« ordinairement fermée : cela paraîtra, si l'on s'en
« aperçoit, l'effet d'une négligence, et suffira pour
« que je puisse parvenir auprès de vous, si vous
« prenez soin d'éloigner vos gens de cette partie de
« la maison. Votre honneur sera-t-il rassuré par le
« choix que j'ai fait d'un tel lieu pour notre en-
« trevue : c'est dans un oratoire, devant Dieu, que
« je prendrai congé de vous, pour tout jamais peut-
« être... ce sera la veille du 18 octobre, *et c'est ce*
« *jour-là même qu'en 1815 je me dévouais à la mort...* »

Cette dernière ligne est leur devise à tous!... Mon
Dieu! ne suis-je pas appelée à détourner Frantz
d'une résolution funeste à lui-même, funeste à mon
mari? J'irai... Frantz ne demande aucune réponse...
j'ai la clef... lorsque la nuit sera tombée, j'ouvrirai
cette porte comme pour mieux entendre les chants

du cloître... Ah! n'y a-t-il pas une faute dans tout
cela?... (*Elle sonne un domestique.*) Qui fait ce bruit?

LE DOMESTIQUE.

Quelques personnes qui attendent monseigneur.

MARGUERITE.

Que tenez-vous là?

LE DOMESTIQUE.

Le journal de monseigneur.

MARGUERITE.

Donnez... (*Karl sort.*) Monseigneur... quand on
l'appelle ainsi, il me semble que c'est un autre que
l'on nomme... « A monseigneur le conseiller, président de la régence, Léo Burckart... » et c'est à tous
ces titres qu'il a sacrifié son bonheur, sa tranquillité .. qu'il m'a sacrifiée, moi... J'en suis réduite à
chercher dans les journaux ceux qui parlent de lui,
pour avoir de ses nouvelles... et presque toujours
comment le traitent-ils? (*Elle lit.*) Une alliance entre
le prince et la Bavière? un mariage... ah! mon Dieu...
un mensonge sans doute... vendu à l'Angleterre!...
lui, Burckart vendu... oh! les infâmes!... Il me semble que si j'étais à sa place, j'aurais besoin du bonheur
de ma famille pour oublier toutes ces calomnies... Je
m'attends toujours à le voir revenir à moi, le cœur
brisé et le front abattu... Revenir à moi!... pourquoi

ai-je tressailli à cette idée?... Oh! mon Dieu!... mon
Dieu!... ce rendez-vous, c'est une trahison!... Frantz
est un cœur loyal, mais il s'abuse lui-même... Je n'i-
rai pas. Pendant qu'il me parlait hier... oh! je vous
l'avouerai à vous seul, mon Dieu!... j'étais touchée,
ma raison s'égarait par moments... je me suis dit, je
crois, que libre, un tel amour m'aurait rendue heureuse... J'ai regretté même un instant que Frantz
fût revenu si tard de son voyage... Oh! je ne le re-
verrai plus... Je n'irai pas. Mais, comme il vien-
dra, lui, comme il ferait peut-être une imprudence,
je vais lui écrire... lui dire tout ce que j'ai pensé...
et, pour plus de sûreté encore, j'irai passer la journée chez Diana... Oh! mon Dieu! mon mari m'a défendu de la voir... mais pourquoi? Il y a autour de
moi bien des choses inexpliquées, des secrets terribles... Il faut tout de suite écrire à Frantz... (*Elle
écrit.*) Je sens en moi-même que je fais bien!

UN DOMESTIQUE, annonçant.

Madame la comtesse Diana de Waldeck.

MARGUERITE.

Elle! et je n'ai pas songé... Je n'y suis pas!

SCÈNE II.

MARGUERITE, DIANA.

DIANA, entrant.

Tu n'y es pas !

MARGUERITE.

Oh ! pardon... j'ignorais...

DIANA.

Au reste, ma visite n'était pas pour toi, mais pour ton mari.

MARGUERITE.

Il est à la résidence.

DIANA.

Je le sais... et je viens l'attendre ici...

MARGUERITE.

Il a travaillé toute la nuit avec le prince.

DIANA.

Oui... et leur travail a déjà porté ses fruits... La ville tout entière est en tumulte. Il s'agit de choses vraiment sérieuses, de conspirations, de complots... Les Universités devaient se révolter demain, dit-on, pour l'anniversaire de la bataille de Leipsick, le 18 octobre. Tout était prêt ; et, comme elles comptaient sur les anciens soldats de la landwerth, on a ordonné un désarmement général.

MARGUERITE.

Oh ! mon Dieu, mon Dieu ! comment tout cela finira-t-il ?

DIANA.

Bien, il faut l'espérer. Dis-moi, tu as vu Frantz, hier ?...

MARGUERITE.

Moi ! oui... un instant... je crois.

DIANA.

Le reverras-tu aujourd'hui ?

MARGUERITE.

Pourquoi cette question, Diana ?

DIANA, avec intention.

Mais elle est bien simple et bien naturelle, ce me semble... Frantz est notre ami... le tien surtout, maintenant...

MARGUERITE.

Oui ; mais... mais je ne le vois pas... Je le rencontre comme cela par hasard.

DIANA.

J'en suis fâchée... j'aurais voulu, par un inter-
médiaire, lui faire parvenir un avis, que je ne puis
lui donner moi-même... C'est peut-être une trahison de ma part... mais, peu importe.

MARGUERITE.

Une trahison?... mon Dieu, qu'y a-t-il donc?...
tu m'effraies...

DIANA.

C'est inutile... si tu ne dois pas le voir...

MARGUERITE.

Mais enfin... Je le verrai peut-être : on peut lui
écrire...

DIANA.

Il n'est pas chez lui.

MARGUERITE.

Comment le sais-tu?

DIANA.

On s'est présenté ce matin pour l'arrêter.

MARGUERITE.

L'arrêter!...

DIANA.

Oui... il paraît qu'il est compromis dans toutes

ces conspirations... qu'il fait partie d'une société
secrète... tu sais bien...

MARGUERITE.

Mon Dieu !

DIANA.

Et je voulais lui dire de ne pas rentrer chez lui,
de quitter la ville...

MARGUERITE.

Je m'en charge. (*Elle froisse et déchire la lettre
qu'elle écrivait à Frantz.*) C'est-à-dire... si je le vois,
moi; je ne sais où je pourrai le voir... Silence... on
vient par cette galerie... C'est Léo, sans doute...
oui... le voilà... enfin...

SCÈNE III.

Les mêmes, LÉO.

MARGUERITE.

Oh ! comme tu es pâle et défait... mon Dieu !

LÉO.

Rien... de la fatigue... voilà tout. (*Apercevant
Diana.*) Pardon, madame...

DIANA, à Léo.

J'ai besoin de vous parler à vous seul.

LÉO.

Je le pensais aussi... Laisse nous, ma bonne Marguerite; j'irai chez toi tout à l'heure.

Marguerite sort.

SCÈNE IV.

DIANA, LÉO.

DIANA.

Vous devinez ce qui m'amène, monsieur.

LÉO.

A peu près...

DIANA.

Je viens vous faire une seule question.

LÉO.

J'écoute.

DIANA, remettant un journal à Léo.

Croyez-vous que ce journal soit ordinairement
bien renseigné?

LÉO.

Mais... oui madame.

DIANA.

Eh bien ! veuillez me dire ce que vous pensez de ce passage :

LÉO, lisant.

« Les deux voix de la Bavière ont été données à « condition que le prince Frédéric épouserait la « grande-duchesse Wilhelmine. » Ce que j'en pense, madame, c'est qu'il y a jusque dans les conseils les plus secrets des espions et des traîtres.

DIANA.

Ainsi donc, c'est vrai... ainsi cette nouvelle, vous ne la démentez pas ?

LÉO.

La démentir serait une insulte pour un pays, dont l'appui nous est nécessaire ; d'ailleurs, il est dans mes principes politiques, madame, de ne jamais tromper... un mensonge dût-il être utile à la cause que je sers.

DIANA.

Ainsi, monsieur, vous m'avouez à moi que ce bruit... cette nouvelle a quelque consistance.

LÉO.

A vous, madame, comme à tout le monde, et à vous peut-être plutôt qu'à tout le monde encore ;

car je sais combien les vrais intérêts du prince vous
sont chers.

DIANA.

Donc cette alliance... vous croyez qu'elle se fera?

LÉO.

Je l'espère.

DIANA.

Mais... mais le prince m'aime, vous le savez
bien.

LÉO.

Je le sais depuis mon retour seulement... Son
Altesse me l'a dit elle-même.

DIANA.

Ah!... il vous l'a dit.

LÉO.

Hélas! qu'est-ce que cela prouve?.. Puisque vous
me forcez de parler politique avec vous, madame,
je vous dirai que la raison d'état n'a pas de cœur...
Les princes, vous le savez bien, ne se marient pas;
ils s'allient... Heureux encore ceux que la diplomatie n'est pas venue fiancer au berceau, et qui ont
eu le temps de goûter d'un amour libre et mutuel.

DIANA.

Très-bien!.. et j'aurais dû m'attendre à tout cela...

14

Voilà comme vous me remerciez de ce que j'ai fait
pour vous...

LÉO.

Peut-être vous ai-je de grandes obligations, madame; et alors je vous ferai un reproche, c'est de
me les avoir laissé si longtemps ignorer.

DIANA.

Vous êtes oublieux, monsieur... c'est une des qualités des fortunes qui s'élèvent vite, que de ne plus
se souvenir de ceux qui ont aidé à leurs commen-
cements.

LÉO.

Oh ! je crois vous entendre, madame... vous
voulez parler du jour où le prince est venu chez
moi.

DIANA.

Qui l'y a conduit?.. Voyant le désespoir de votre
famille, les larmes de Marguerite... qui a été le
chercher? Ah ! vous avez cru qu'il était venu de
lui-même et pour admirer l'auteur pseudonyme de
quelques articles de journal ou de pamphlets ob-
scurs... La prétention est orgueilleuse, et pourtant
elle ne m'étonne pas.

LÉO.

Madame, je suis bien aise d'apprendre ce que je

vous dois... pardonnez-moi de ne vous en avoir aucune reconnaissance. Je n'ai jamais vu dans ma
mission qu'une tâche rude à accomplir, et j'aspire
au repos auquel j'aurai droit après l'avoir finie.
Seulement, je vous crois ici plus injuste envers le
prince qu'envers moi-même, et j'aime à penser que
vous n'avez fait que lui indiquer ma demeure...
Hélas ! je lui ai plus donné qu'il ne m'a rendu ! et,
dans ce haut rang où il m'a placé, je me vois moins
puissant que je ne l'étais avant d'y atteindre. (*Il va
à la table.*) Cette plume, madame, était un sceptre
plus réel que le sien... et j'ai peur, en la reprenant,
d'en avoir usé le prestige !

DIANA.

Ainsi, c'est une guerre déclarée entre nous, n'est-
ce pas ?

LÉO.

Dans laquelle je vous laisserai tout l'honneur de
l'attaque et tout l'orgueil de la victoire.

DIANA

Monsieur... adieu.

Léo la reconduit jusqu'à la porte. — Le Chevalier se présente.

SCÈNE V.

LÉO, LE CHEVALIER.

LE CHEVALIER.

Enfin vous êtes seul, monseigneur.

LÉO.

Vous attendiez depuis longtemps, monsieur?

LE CHEVALIER.

Oui, monseigneur.

LÉO.

C'est bien... Passez dans votre cabinet, et ouvrez la correspondance.

LE CHEVALIER.

Monseigneur ne me demande pas si j'ai réussi.

LÉO.

En quoi?

LE CHEVALIER.

Mais dans mon entreprise d'hier.

LÉO.

Laquelle?

LE CHEVALIER.

Monseigneur se rappelle que je lui ai demandé la permission...

LÉO.

Eh bien! je vous l'ai donnée.

LE CHEVALIER.

Que je lui ai montré un homme...

LÉO.

Je ne me souviens pas.

LE CHEVALIER.

Eh bien!.. cet homme... monseigneur... c'était un de mes amis.

LÉO.

Un de vos amis?..

LE CHEVALIER.

Oui, un frère des sociétés secrètes.

LÉO.

Vous êtes de ces sociétés, monsieur?

LE CHEVALIER.

Je vous l'ai dit, je m'en suis fait recevoir... pendant que je travaillais au journal... et que nous faisions de l'opposition ensemble, monseigneur.

LÉO.

Je croyais que vous y faisiez de la science, et
moi de la politique.

LE CHEVALIER.

C'est cela... Et dans mes courses archéologiques
j'allais visiter les vieux châteaux de l'Italie, de la
Saxe, de la Souabe. Là, de temps en temps, nous
trouvions dans les ruines une vingtaine d'amis ama-
teurs comme moi d'antiquités... puis, par occasion,
nous parlions de politique... de sorte que, comme
je l'ai dit à votre excellence... je suis affilié à tout...
Je suis carbonaro en Italie ; ici, membre de la jeune
Allemagne.

LÉO.

De sorte...

LE CHEVALIER.

De sorte qu'au moment où il allait partir pour
Heidelberg, où il portait le plan de la conspiration,
j'ai avisé une de mes anciennes connaissances ; il
était un peu animé déjà par un certain nombre de
coups de l'étrier... Je l'ai décidé à venir à la cour. Le
punch et le vin du prince l'ont achevé ! A cette heure
il dort en prison, grâce à mes soins ; et dans les po-
ches de l'habit qu'il a quitté chez moi, il y avait ce
paquet...

LÉO.

Et la chose s'est passée ainsi que vous me le dites?

LE CHEVALIER.

Tout-à-fait.

LÉO.

Vous ne vous vantez pas.

LE CHEVALIER.

En aucune manière.

LÉO.

Vous étiez affilié à ces sociétés secrètes?

LE CHEVALIER.

Je le suis encore.

LÉO.

Vous avez enivré cet homme pour lui prendre ces papiers.

LE CHEVALIER.

J'ai complété seulement son état d'ivresse.

LÉO.

Et cet homme sait que vous m'appartenez, que vous êtes mon secrétaire. Cet homme croira que vous avez agi par mes ordres...

LE CHEVALIER.

Il ne s'en doutera pas, monseigneur... Il croira avoir perdu les papiers...

LÉO.

Mais s'il s'en doute, monsieur... Savez-vous bien que vous avez compromis mon nom... un nom que j'avais juré de conserver pur... un nom que vous venez de tremper dans votre...

LE CHEVALIER.

Pardon, je croyais avoir bien fait, monseigneur.

LÉO, se contenant, à part.

Allons, voilà que j'allais me faire un traître avec un lâche! (*Haut.*) Vous allez trouver le directeur avec un mot de moi.

UN DOMESTIQUE.

Monseigneur...

LÉO.

J'avais défendu qu'on fît entrer personne.

LE DOMESTIQUE.

Son Altesse royale monseigneur le prince régnant.

LÉO, au Chevalier.

Passez dans votre cabinet, monsieur, et réunissez-y vos papiers avant de quitter l'hôtel.

SCÈNE VI.

LÉO, LE PRINCE.

LÉO.

Votre Altesse dans ma maison... dans la maison d'un de ses sujets !

LE PRINCE.

Vous vous trompez, Léo, je ne viens pas chez un sujet, je viens chez un ami. D'ailleurs, pourquoi vous étonner? ce n'est pas la première fois que je vous rends visite... Un jour, j'ai frappé comme aujourd'hui à une porte en demandant Léo Burckart... alors c'était pour lui confier le soin des affaires publiques et de ma propre sûreté.

LÉO.

Et aujourd'hui, je suis prêt à répondre de ma conduite, monseigneur ; et j'aime mieux que ce soit ici qu'autre part. Cette demeure n'est pas beaucoup plus riche que celle où vous m'avez rencontré pour la première fois; cet habit est le même, et le cœur qu'il recouvre bat aujourd'hui, ainsi qu'alors, pour la liberté de l'Allemagne !

LE PRINCE.

Mais comme chacun entend ce mot de liberté à
sa manière, les uns vous accusent de la servir trop
ardemment, les autres, de l'avoir trahie!

LÉO.

En acceptant le pouvoir, monseigneur, me suis-je
un instant dissimulé ce résultat inévitable? La pensée pure et droite appartient au ciel, et l'action lente
et pénible appartient à la terre; ce que j'ai écrit
dans d'autres temps, j'espère encore le réaliser;
mais qui me voit marcher aujourd'hui par des chemins difficiles, peut douter que je tende toujours au
but où l'imagination m'emportait autrefois sur ses
ailes! Je veux accomplir par des voies pacifiques ce
que d'autres espèrent obtenir plus vite par des conspirations, par des révoltes. Je me vois forcé de
combattre à la fois des haines calculées et des sympathies imprudentes...

LE PRINCE.

Et maintenant vous êtes tranquille; vous avez
désarmé les unes et calmé les autres. Votre diplomatie triomphe de tout...

LÉO.

Ma diplomatie est seulement de la franchise et
du bon sens. A la conférence de Carlsbad, j'ai tou-

jours parlé haut et parlé devant tous; j'ai fait com-
prendre aux députés des petits états qu'il leur im-
portait de s'unir enfin pour faire équilibre aux
grandes puissances. Le traité d'alliance et de commerce que j'ai proposé passe, vous le savez, à la
majorité de neuf voix sur dix-sept; mais à une condition...

LE PRINCE.

Celle de mon mariage...

LÉO.

Non, monseigneur, nous y reviendrons ensuite ;
à deux conditions, j'aurais dû dire : la première a
été de maintenir la paix dans vos états, de réprimer
cet esprit turbulent des universités qui les égare depuis quelque temps vers des utopies impossibles. J'ai
accepté ce devoir avec tristesse, mais avec le sentiment d'une absolue nécessité! Une conspiration était
organisée par toute l'Allemagne; notre accord l'a
brisée dans tous ses anneaux à la fois. En arrivant
ici, j'ai trouvé la révolution blessée, mais vivante...
Les étudiants comptaient sur la landwerth, cette
ancienne compagne de leur dévouement en 1815...
J'ai désarmé la landwerth... Il ne restait donc aux
rebelles qu'eux-mêmes, et j'ai ordonné ce matin
que les chefs des rebelles fussent arrêtés... A cette
heure ils doivent l'être, monseigneur.

LE PRINCE.

Eh bien!... vous vous trompez! Soit hasard
soit prévoyance, les chefs sont libres... Vous avez
rendu une ordonnance pour le désarmement de
la landwer et l'arrestation des chefs... c'est vrai...
vous l'avez rendue, monsieur; mais c'est moi qui
l'ai signée. C'est à mon nom que va s'en prendre
la haine de ces anciens soldats et de ces jeunes rebelles... A l'heure qu'il est, ceux qui vous ont
échappé et dont vous ignorez la retraite... trop peu
nombreux pour faire une révolution, vont tenter un
assassinat! Contre qui? contre moi, monsieur. En
venant ici, j'ai probablement été suivi... en sortant, je serai assassiné peut-être.

LÉO.

Assassiné!...

LE PRINCE.

Eh! mon Dieu! c'est possible. Vous voyez, au
reste, de quelle manière j'en parle... Au jeu que
nous jouons tous les deux, vous tenez les cartes...
et c'est moi qui perds ou qui gagne. Ce que je vous
dis, monsieur, est donc à titre d'observations que
vous êtes libre de ne pas écouter.

LÉO.

Oh ! monseigneur…

LE PRINCE.

Je ne dis pas que vous faites fausse route, mon
cher Burckart ; je dis seulement que vous marchez en
aveugle… et cela, par cette détermination étrange
que vous avez prise d'éloigner de vous tous les moyens
de gouvernement ordinaires… Là-bas, vous croyez
avoir réussi par votre éloquence, n'est-ce pas ? eh
bien ! sur vos neuf voix, quatre ont été achetées à
prix d'argent… par l'Angleterre, dont l'intérêt se
trouve être le nôtre, mais qui avilit notre cause par
sa participation. Vous vous êtes contenté de donner
des ordres sans vouloir vous mettre en rapport di-
rect avec la police… Eh bien !… voilà que les principaux meneurs vous sont échappés… Voilà ma vie
exposée aux attaques d'un fanatique !… et vous ne
savez rien ; vous ne pouvez même prévoir le coup
qui frappera votre prince !

LÉO, avec force.

Si, monseigneur, je sais tout.

LE PRINCE.

Vous savez… Voyons alors.

LÉO, en proie à un violent combat, se décide à entrer dans le cabinet.

Donnez-moi les papiers que vous avez pris sur

l'émissaire des étudiants, monsieur le chevalier.
(*Il revient et étale des papiers sur la table.*) Vous voyez
bien, monseigneur, que je n'ai plus les mains si
pures !... et que me voilà digne de prendre rang
parmi les princes de la diplomatie... Voyez! ceci
a été volé à un étudiant qui le portait à Heidelberg : et ce qui va vous rendre bien content et bien
fier... volé chez vous, car il était de votre bal...
Tenez... vous demandez ce qu'ils doivent faire ce
soir... ce soir, ils doivent recevoir un nouvel
adepte; dont on ne dit pas le nom... mais qui tient
à la cour... un homme très-important enfin... puis
ensuite ils doivent... vous ne vous trompiez pas...
vous mettre en accusation et vous juger... Votre
police est bien faite, monseigneur... mais vous
voyez que la mienne est meilleure encore !...

LE PRINCE.

Et le lieu de cette réunion?

LÉO.

Je l'ignore... mais je le saurai. Rentrez dans
votre palais : et soit que l'on en ouvre ou ferme
les portes... dormez tranquille. Je veille sur vous ;
je réponds de vous : ma poitrine couvre la vôtre !

LE PRINCE.

Vous êtes un fidèle et loyal serviteur, Léo.

LÉO.

Oh! cela, je le sais, monseigneur; mais, maintenant, j'attends autre chose de vous que la reconnaissance de cette vérité. Maintenant que j'ai fait mon devoir; qu'à ce devoir j'ai sacrifié ma popularité, mon honneur, et que, s'il le faut, je lui sacrifierai ma vie... faites le vôtre!

LE PRINCE.

Le mien?

LÉO.

Oui. Des obligations pareilles nous sont imposées... et la tâche la moins lourde est à vous, monseigneur... Je me suis engagé avec la Bavière, en votre nom... Donnez-moi votre parole.

LE PRINCE.

Mais vous savez bien ce qui s'y oppose.

LÉO.

Votre amour, n'est-ce pas? Eh bien! mon amour à moi... c'est encore un de ces sacrifices que j'ai faits à Votre Altesse, et dont je ne lui ai pas même parlé. Croyez-vous, monseigneur, que je n'aime pas ma femme autant que vous aimez votre maîtresse? Eh bien! ai-je hésité un instant à m'en séparer?...

LE PRINCE.

A vous en séparer?...

LÉO.

Eh, mon Dieu! monseigneur, n'est-ce point une séparation réelle que la vie que je mène... Croyez-vous que j'ignore ses chagrins... que je ne vois pas ses larmes; eh bien! (*Il porte la main à ses yeux.*) j'ai sacrifié mon bonheur domestique à vos intérêts... je veux dire à ceux du pays! Faites aussi vous-même le sacrifice d'un vain amour, et qu'on ne dise pas que c'est une femme hardie... instrument peut-être de quelques sombres intrigues anglaises, qui a guidé jusqu'ici vos sympathies pour la liberté... et qui les retient où il lui plaît!

LE PRINCE.

Ah! monsieur!... faites votre devoir de ministre, et ne vous mêlez pas de me juger : vous êtes allé trop loin! Et vous, homme glacé, qui savez si bien froisser le cœur des autres avec votre main de pierre... rentrez donc aussi dans vous-même... peut-être aussi vous occupez-vous trop des choses publiques... regardez quelquefois dans votre maison. Votre femme est délaissée, dites-vous? les femmes belles comme la vôtre ne le sont jamais... Vous savez tout, dites-vous? Apprenez donc une chose que je sais, moi... que je sais presque seul, et parce que je dois tout savoir; une chose, que je dois vous dire, parce qu'il faut qu'un ministre soit **respecté de** tous...

LÉO.

Prince!

LE PRINCE.

Nul n'accuse votre femme!... mais il y a un homme qui la compromet par ses assiduités... Et c'est un homme... qui s'est battu un jour pour elle, puisqu'il faut qu'on vous dise tout!

LÉO.

Pour elle!...

LE PRINCE.

Et que vous avez fait mettre en prison vous-même...

LÉO, violemment.

Frantz ou Waldeck?

LE PRINCE.

Il suffit... je vous laisse. En cet instant solennel je n'ai dû rien vous cacher... Nous avons été loin tous les deux; mais il fallait que ces choses là fussent dites. Adieu... adieu... oublions tout cela.

Il lui présente sa main que Léo feint de ne pas voir.

LÉO.

Je salue humblement Votre Altesse.

15

SCÈNE VII.

LÉO, LE CHEVALIER.

LÉO.

Monsieur le chevalier?

LE CHEVALIER, sortant du cabinet.

Que me veut votre Excellence?

LÉO.

Je m'étais mépris sur votre capacité en ne faisant de vous qu'un simple secrétaire; au lieu de 3,000 florins d'appointement que vous aviez, je vous en donne 12,000. Voici votre nomination comme inspecteur aux bureaux de la police générale du royaume; elle est, vous le voyez, antidatée de deux mois... c'est-à-dire de l'époque où vous avez commencé à exercer. Vous vous ferez faire un rappel de vos appointements; c'est une gratification que je vous offre de la part du prince pour le service que vous venez de lui rendre... Maintenant, comme vos fonctions sont individuelles et vous éloignent de moi... vous ne serez pas astreint comme par le passé à manger à ma table... Quand je désirerai vous y recevoir, j'aurai l'honneur de vous inviter.

LÉ CHEVALIER.

Monseigneur, soyez certain que mon dévoue-
mènt...

LÉO.

Je vais le mettre à l'épreuve.

LE CHEVALIER.

J'attends.

LÉO.

Vous êtes convoqué pour ce soir?

LE CHEVALIER.

A dix heures.

LÉO.

Le lieu de la réunion?

LE CHEVALIER.

Je l'ignore.

LÉO.

Vous l'ignorez?

LE CHEVALIER.

Comme tous.

LÉO.

Et par quel moyen devez-vous le savoir?

LE CHEVALIER.

Lorsque l'heure sera venue, les plus jeunes des étudiants, les nouveaux... sans savoir ce qu'ils font, ni pourquoi ils le font, parcourront les rues, en chantant un chant patriotique, *la Marche de Ludzow*... ce sera le signal. Alors tous les affiliés sortiront de la ville; et, à chaque porte, un homme les attendra : à cet homme ils demanderont en quel lieu est la lumière... et le lieu que désignera cet homme sera celui de la réunion.

LÉO.

Et les membres de cette réunion sont masqués?

LE CHEVALIER.

Toujours... car il y a parmi les affiliés telles personnes qui approchent assez du prince, pour désirer qu'on ne voie pas leur visage.

LÉO.

Et vous recevez ce soir une de ces personnes?

LE CHEVALIER.

Oui.

LÉO.

Savez-vous son nom?

LE CHEVALIER.

M. de Waldeck.

LÉO.

Mais comment êtes-vous si bien au courant des choses, vous que l'on sait être mon secrétaire?

LE CHEVALIER.

La première loi de l'association est que ses membres accepteront toutes les places, afin d'envelopper le pouvoir de tous côtés.

LÉO.

Bien. Faut-il un costume particulier pour assister à cette réunion?

LE CHEVALIER.

La redingote de l'étudiant; la casquette avec ses trois feuilles de chêne; un manteau brun; un masque sur le visage, et ce ruban sur le cœur.

LÉO.

Pouvez-vous me procurer un costume complet pour huit heures du soir... et venir me prendre avec ce costume?

LE CHEVALIER.

C'est difficile.

LÉO.

Le pourrez-vous?

LE CHEVALIER.

Oui.

LÉO.

Je vous dirai mes intentions tout le long de la route, et, en échange, vous m'apprendrez, vous, les paroles sacramentelles, à l'aide desquelles je pourrai répondre...

LE CHEVALIER.

C'est dit.

LÉO.

Et maintenant, monsieur, qui me répond de vous?

LE CHEVALIER.

Mon intérêt.

LÉO.

Cependant, s'ils réussissaient, vous auriez droit peut-être à quelque chose de meilleur que ce que je puis vous donner.

LE CHEVALIER.

Ils ne réussiront pas.

LÉO.

Oh! vous êtes prophète! eh bien, réussirai-je, moi?

LE CHEVALIER.

Vous ne réussirez pas non plus, monseigneur...

LÉO.

Et puis-je savoir où vous avez puisé cette conviction?

LE CHEVALIER.

Dans les faits passés... dans votre conduite passée... dans vos projets...

LÉO.

Donc, à votre avis, j'ai manqué de capacité... Répondez-moi franchement.

LE CHEVALIER.

Non, monseigneur, mais d'adresse.

LÉO.

Voyons?

LE CHEVALIER.

Un ministre qui veut demeurer en place doit s'appuyer sur le peuple ou sur le prince. Or, l'un de vos appuis vous manque déjà, et l'autre va vous manquer bientôt. Le peuple vous manque, parce qu'à cette soirée, dans cette auberge, où les étudiants s'étaient réunis... vous avez, personnellement, fait emprisonner plusieurs d'entre eux... au lieu d'abandonner ce soin à un magistrat inférieur, et de n'arriver, vous, que pour faire grâce. Le peuple vous manque, parce que, au lieu d'envoyer à la diète un député que vous pouviez désavouer à son retour, vous y êtes allé vous-même ; de sorte que comme vous avez

adopté des mesures répressives, et que quelques-uns
sont corrompus, on ne croit pas à votre conscience...
et vous vous trouvez confondu dans l'idée qu'on
a de la corruption générale... Le peuple vous manque, parce qu'il est toujours sympathiquement et
instinctivement de l'avis du faible contre le fort, et
qu'il fera demain des martyrs de ceux dont vous
faites des coupables aujourd'hui. En ce cas, il vous
restait le prince... Mais voilà que vous êtes venu
vous heurter contre une intrigue d'amour, qui ne
vous nuisait en rien, et qui pouvait au besoin vous
servir, si vous l'eussiez comprise ou ménagée... Sur
toute autre chose le prince vous eût cédé sans
doute : sur celle-là il sera inflexible ; et cette Pé-
nélope au rebours défera chaque nuit l'ouvrage de
votre journée ! Or, le seul moyen qui vous reste,
pardon, monseigneur, si je vous dis de pareilles
choses, c'est de céder sur ce point de mariage, de
renoncer à votre rêve de coalition... et de devenir
aux mains du prince un moyen de despotisme, au
lieu d'être, comme vous l'aviez cru, un instrument
de liberté.

LÉO.

Jamais, monsieur, jamais !

LE CHEVALIER.

Alors vous tomberez... monseigneur.

LÉO.

Mais, dans cette prévision, comment pouvez-vous me servir?

LE CHEVALIER.

Parce que, plus je vous aurai été utile à vous, plus je serai nécessaire à votre successeur...

LÉO.

Vous avez raison, et je puis me fier à vous. Ainsi, ce soir, à huit heures, au premier refrain de ce chant qui doit servir de signal... venez me prendre, et conduisez-moi.

LE CHEVALIER.

J'y serai.

Il sort.

SCÈNE VIII.

LÉO, seul.

Ah!... me voilà donc arrivé au bout de mon rêve... Je n'aurais pas cru pouvoir sitôt regarder ma carrière de l'autre côté de l'horizon. O ma belle vie!... ô ma réputation sainte!... je vous ai donc laissées en lambeaux tout le long du chemin à ces buissons infâmes semés par la calomnie. Et cet homme... cet homme, que j'appelais mon prince, et qui m'appelait son ami!... cet homme à qui j'ai tout sacrifié; tranquillité, réputation, bonheur privé... et qui, pour tout remerciement, vient essayer de me mordre le cœur avec un soupçon!... Marguerite! Marguerite!... oh! je n'ai pas même une inquiétude! mais je souffre...

La nuit est tombée; il est assis et plongé dans la rêverie, la tête dans ses mains.

SCÈNE IX.

LÉO, MARGUERITE.

MARGUERITE, se croyant seule.

Sept heures et demie... Il est parti, et j'ai préparé tout pour cette entrevue qui m'est demandée... pourtant j'hésite encore... (*Elle aperçoit son mari.*) Ah!... Léo!

LÉO, se relevant.

Oui, Marguerite, oui, c'est moi... Viens, mon enfant chérie, viens sur mon cœur, dont tu as été si longtemps, non pas absente, mais éloignée.

MARGUERITE.

Léo! Léo! que me dis-tu là!... prends garde :

je ne suis plus habituée à ces douces paroles ; je les
avais presque oubliées... Oh! c'est maintenant un
écho si lointain que je ne puis croire à la voix qui
me les dit.

LÉO.

Oui, tu as raison; et, crois-moi, le moment est
bien choisi pour me faire ce reproche... Plains-moi,
Marguerite, plains-moi ; car j'ai bien souffert, et je
souffre bien encore... J'ai la tête brûlante et le cœur
brisé !

MARGUERITE.

Ah! mon ami.

LÉO.

Autrefois, mon Dieu! quand j'étais fatigué par
des rêves, au lieu d'être écrasé comme je le suis
aujourd'hui par la réalité... je n'avais qu'à m'approcher de toi, Marguerite ; à poser ma tête sur
ton épaule; comme si ton haleine avait le pouvoir
céleste de chasser toute triste pensée et tout fatal
souvenir !

MARGUERITE.

Ah! Léo! pourquoi m'as-tu oubliée si longtemps?
Pourquoi reviens-tu si tard?... Comment n'as-tu pas
vu combien je souffrais?... Que tu m'aurais épargné
de larmes, Léo... (à part) et de remords peut-être...

LÉO.

As-tu regretté quelquefois notre petite maison de Francfort, le temps où nous étions pauvres, inconnus, où notre amour était notre richesse et notre lumière ?

MARGUERITE.

Tu le demandes, Léo! Ah! Dieu m'en est témoin, combien de fois, seule dans mon oratoire...

Elle hésite, en pensant au rendez-vous de Frantz.

LÉO.

Eh bien?

MARGUERITE.

Ah!

LÉO.

Achève donc?...

MARGUERITE, se remettant.

J'ai demandé, les genoux sur le marbre, le front dans la poussière, j'ai demandé au Ciel, pardonne-le moi, Léo, qu'il t'enlevât ton rang, tes honneurs, ton génie même... pour que nous nous retrouvions seuls à seuls avec notre amour.

LÉO.

Eh bien! Marguerite, Dieu t'a exaucée !

MARGUERITE.

Que dis-tu? On t'enlève tout cela?

LÉO.

Non, je m'en dépouille!... Un jour encore, et j'aurai arraché de mes épaules cette robe de Nessus qui me dévorait!... Marguerite! nous reverrons notre petite maison; Marguerite! nous nous y retrouve-rons seuls, et, je l'espère, tu oublieras ce que tu as souffert pendent le temps où nous l'avons quittée.

MARGUERITE.

Vois-tu, Léo, je ne crois pas à ce que tu me dis, et il me semble que je rêve... Si cela était... tu ne me parlerais pas avec une voix si triste et des yeux si abattus.

LÉO.

C'est qu'entre aujourd'hui et demain, Margue-rite... il y a un abîme... un abîme où je puis tom-ber en essayant de le franchir.

MARGUERITE.

Que me dis-tu, Léo?... As-tu quelque chose à craindre? Cours-tu quelque danger?... Mon Dieu, mon Dieu, parle, réponds-moi!

LÉO.

Ah! j'aurais dû me taire... j'aurais dû avoir la

force de te quitter sans me plaindre; mais je suis
tellement abattu, tellement accablé... Ah! j'en ai
honte, vraiment!...

MARGUERITE.

Me quitter? tu vas me quitter encore!

LÉO.

Embrasse-moi.

MARGUERITE.

Écoute; tu me fais peur; parle.

LÉO.

Non, Marguerite, non, il n'y a rien à craindre;
je suis fou de m'abandonner ainsi, sois tranquille;
songe que si je réussis cette nuit, demain nous sommes libres et heureux.

MARGUERITE.

Un danger, un danger... tout le monde me parle
de danger!...

LÉO.

J'avais besoin de revenir à toi, de te presser sur
mon cœur; il y avait si longtemps que nous n'avions
eu entre nous une heure pareille.

MARGUERITE.

Tu es bien coupable, Léo!... Ah! sais-tu que j'ai
cru un instant que tu avais cessé de m'aimer; sais-
tu que j'ai espéré que je ne t'aimais plus!

LÉO.

Moi, ne plus t'aimer; moi à qui tu viens dé rendre le seul bonheur que j'aie eu depuis six mois: tiens,
tous les rêves des hommes sont insensés... il n'y a
que l'amour sur la terre, et Dieu dans le ciel!

MARGUERITE.

Mais, qu'ai-je donc fait, pour mériter un pareil
bonheur, juste en ce moment, juste à cette heure
même? Mon Dieu, mon Dieu, je vous remercie!
mon Dieu, vous avez eu pitié de moi; m'ayant vue
faible et chancelante, vous m'avez tendu la main et
vous m'avez relevée!... Je suis à toi, Léo... Oh! je
t'aime! je t'aime!...

Elle le serre dans ses bras. — On entend un chœur lointain.

LÉO.

Écoute; n'as-tu pas entendu?...

MARGUERITE.

Quoi?

LÉO.

Une chanson lointaine... un chœur d'étudiants.

MARGUERITE.

Qu'importe?

LÉO.

Il faut que je te quitte, Marguerite.

MARGUERITE.

Pour longtemps?

LÉO.

Pour quelques heures seulement, je l'espère..

MARGUERITE.

Où vas-tu?

LÉO.

Je ne sais pas... On me conduit.

MARGUERITE.

Et qui cela?

LÉO.

Le chevalier Paulus, qui doit m'attendre.

MARGUERITE.

Et tu ne peux te dispenser de sortir à cette heure?

LÉO.

Impossible.

MARGUERITE.

Oh ! je t'accompagnerai...

LÉO.

Oui, jusqu'à la porte du jardin.

Il sonne; un domestique entre.

MARGUERITE.

Que veux-tu?

LÉO, au domestique.

Laissez brûler une lampe ici... je rentrerai peut-être dans la nuit, et je veux trouver de la lumière.

MARGUERITE.

Mon Dieu! mon Dieu, protégez-moi.

Ils sortent. — Le domestique apporte la lampe et se retire.

SCÈNE X.

La nuit est tout à fait tombée.

FRANTZ, entrant avec précaution par une porte latérale, couvert d'un manteau sombre, un masque à la main.

Personne; j'avais cru entendre des voix... Depuis une heure j'attends dans l'oratoire, et elle n'est pas venue, que veut dire cela?... Que faire? il faut que je la voie, il faut que j'aille à notre assemblée. Jusqu'à présent je n'ai rencontré personne ; mais ici, où suis-je? au cœur de la maison, sans doute... Du bruit... (*Il va pour sortir.*) Ce n'était rien... Ah! je suis dans le cabinet de Léo; c'est cela : il est au palais probablement... Quelle étrange chose d'errer ainsi dans une maison inconnue... où l'on peut être surpris à chaque instant et à chaque pas, et cependant de sentir qu'on ne peut s'en arracher!... Oh! Marguerite! Marguerite! il faut que je la voie!...

16

aucun bruit... personne.... Le cœur me bat
comme si je faisais une action infâme. Si je savais
où me cacher... Me cacher? puis-je attendre? dans
cinq minutes le chœur des étudiants va passer, il
me semble l'entendre déjà... (*Il s'accoude à la table et
machinalement ses yeux tombent sur les papiers qui y sont
étalés.*) Mon nom?... le nom de Flaming? le nom de
Roller... qu'est-ce que cela? (*Il se lève.*) Eh bien,
que fais-je donc? ces papiers, ai-je le droit de les
lire?... Je suis entré ici pour dire un dernier adieu à
Marguerite, et non pour voler les secrets de son
mari. (*Il revient.*) Mais ce secret, c'est le mien...
le mien? que m'importerait encore!... Mais c'est
celui des autres aussi... N'est-ce pas, au contraire,
Dieu qui m'a conduit! qui a empêché qu'elle ne vînt
pour que je vinsse, moi?... Nos projets de cette
nuit... il sait tout... Oh! mon Dieu, mon Dieu, ils
sont perdus... (*Le chœur passe plus près de la maison
pendant qu'il lit les papiers*) pas un instant de retard!
qu'ils fuient! qu'ils se dispersent... Quelqu'un!

Au moment de sortir, il se trouve face à face avec Marguerite qui revient
du jardin.

SCÈNE XI.

FRANTZ, MARGUERITE.

MARGUERITE, revenant.

Qui va là?

FRANTZ.

Marguerite !

MARGUERITE.

Frantz? Partez, monsieur, partez; il y a un grand
danger qui vous menace...

FRANTZ.

Je le sais... je le sais.

MARGUERITE.

Je n'ai consenti à vous voir que pour vous dire
cela; je vous l'ai dit, allez.

FRANTZ.

Marguerite, votre main?...

MARGUERITE.

Allez, monsieur : vous n'avez pas un instant à
perdre; quittez la ville !

FRANTZ.

Oui; mais auparavant, j'ai encore quelques dernières paroles à vous dire. Vous me reverrez, Marguerite.

MARGUERITE.

Non, ne revenez pas... Adieu... vous m'effrayez!
(*Seule.*) Cette agitation... ce costume... ce masque...
que veut dire tout cela? Oh! pourtant, mon Dieu,
je te remercie... Dans ces dangers qui menacent à
la fois ces deux hommes, c'est pour Léo que j'ai
eu peur... c'est Léo que j'aime!

Elle tombe à genoux, le chœur des étudiants s'éloigne.

FIN DU TROISIÈME ACTE.

ACTE IV.

ACTE IV.

Le château de Wurtzbourg. — Salle en ruines, d'architecture saxonne.

La scène présente un tableau d'étudiants, de paysans et de gens vêtus d'uniformes étrangers; quelques-uns buvant, d'autres comptant des armes qu'ils rangent en tas, d'autres roulant des tonneaux de poudre. Quelques-uns sont masqués.

———

SCÈNE PREMIÈRE.

ROLLER, FLAMING, HERMANN, WALDECK.

ROLLER, faisant passer cinq paysans devant les autres étudiants.

En voilà encore cinq d'Ersenach; de braves gens... c'est la même famille. Le père a soixante-dix ans; et les femmes, voyant déjà partir les deux fils et les deux neveux, voulaient garder le vieillard, disant qu'il en avait fait assez dans sa vie, depuis 92 jusqu'à 1815; mais j'ai montré ceci, la croix des braves de Leipsick, et le père m'a dit : Est-ce contre l'empereur de France qu'il faut marcher encore?

en ce cas, je suis trop vieux ! — J'ai répondu : Non !
l'aigle est toujours blessé, toujours captif sur son
rocher de Sainte-Hélène : ce sont les aigles à deux
têtes qui nous dévorent, et nous allons leur donner
la chasse, cette fois. — Je suis à vous ! s'est écrié
le vieux paysan. Et vous, femmes, a-t-il ajouté,
vous vous trompiez ; je n'ai pas le droit de me repo-
ser ici ; je n'ai pas fini ma journée !

FLAMING.

Bien. Ont-ils des armes ?

ROLLER.

Le décret royal exécuté hier leur a enlevé jusqu'aux armes d'honneur du vieillard et de l'aîné.

FLAMING, montrant le tas.

Qu'ils en prennent.... celles-là aussi deviendront
des armes d'honneur !

ROLLER.

Où faut-il placer ces hommes ?

FLAMING.

Au nord, du côté du fleuve. Et, maintenant,
voici toutes les avenues gardées. Si notre rendez-
vous est découvert, nous avons de quoi soutenir
un siége de plusieurs jours dans ces ruines, jusqu'à
l'arrivée de nos frères de Gottingue.

ROLLER.

Les princes ont tenu un congrès à Carlsbad ; nous tenons le nôtre à Wurtzbourg ! Ces vieilles ruines s'étonnent de servir d'asile à la liberté, après avoir été si longtemps le repaire des oppresseurs !

FLAMING.

Ne médisons pas de nos aïeux, Roller : pour les juger, il faudrait mieux savoir l'histoire que nous ne la savons, pauvres étudiants que nous sommes !

ROLLER.

Mais n'est-ce pas ici même que se tenaient les séances du tribunal secret?... Les cachots sont par là, tiens ; la porte est faite d'un seul bloc de pierre, et il faut trois hommes seulement pour la faire tourner sur ses gonds. Ici, les nobles seigneurs s'asseyaient en nombre impair ; voici leurs siéges de rocher. Les condamnés tombés en leur pouvoir entraient par cette porte. Il en était d'autres que les juges ne pouvaient atteindre qu'avec la pointe d'un poignard ; ceux-là mouraient plus vite et souffraient moins.

FLAMING.

Eh bien ! étudie mieux tes livres, et tu verras que ces terribles seigneurs étaient, comme nous, des ennemis de la tyrannie ; qu'ils frappaient l'oppresseur étranger ou le prince félon que la loi ne pouvait atteindre ; et que ce tribunal de sang ne versait que le mauvais sang.

ROLLER.

Oh ! toi, l'on te connaît : quand il s'agit de noblesse, tu es prêt toujours à contrarier toutes nos idées. Ce n'étaient pas des manants, à coup sûr, qui jugeaient les tyrans dans de si belles salles ornées de statues et d'armures ?... les manants n'ont jamais fait construire de châteaux.

FLAMING.

Qui te dit le contraire ?... mais ce fut la noblesse qui comprit toujours le mieux l'indépendance.

ROLLER.

Pour elle-même, soit.

FLAMING.

Et pour le peuple aussi ; mais la bourgeoisie est l'humble servante des princes ; et c'est la bourgeoisie armée qui nous a contenus hier.

WALDECK, se mêlant à leur conversation.

Pour moi, nobles ou princes, je n'en fais pas de différence. Tenez, messieurs... tenez, frères, veux-je dire, je suis venu à vous de moi-même, et me

suis donné de tout point; je suis noble, c'est vrai;
mais, si j'avais pu choisir, je voudrais être né dans
la plus basse condition, et m'élever par mon génie.
Voyez, j'ai un aïeul parmi ces statues, ainsi que
vous pouvez le voir au blason qui décore ce piédestal, eh bien! ce blason, je le renie, je le dé-
grade... tenez, faites-en si vous voulez autant des
autres!

Il raie l'écusson avec son poignard.

FLAMING.

Arrêtez!... Si vous reniez ceux-là pour vos aïeux,
nous ne les renions pas pour nos grands hommes!
ce comte de Waldeck fut un brave seigneur, qui
délivra Mayence des Espagnols qui tenaient les
Flandres! Celui qui se targue de ses aïeux est un insensé, celui qui les outrage est un lâche. Respect à
la mémoire des anciens comtes de Waldeck, messieurs! respect à ces héros, à ces capitaines!... ensuite, nous conviendrons, si vous voulez, que celui-
ci n'en descend pas!

Waldeck s'éloigne.

ROLLER.

Mais qui donc l'a amené?

HERMANN.

C'est le nouveau membre de l'association, qu'on
va recevoir parmi les voyants. Ainsi, du privilége

en tout, parmi nous-mêmes : parce qu'il a été puissant, parce qu'il a approché les princes, on en fait
un républicain choisi, un conspirateur de première
classe ; on lui fait sauter deux degrés en deux jours,
tandis que moi je suis encore aspirant dans le troisième.

ROLLER.

Mais toi aussi, qu'as-tu fait, qu'as-tu risqué ?
Cet homme-là met en jeu sa tête ; il perd son rang,
ses places ; il donne par là des gages de confiance
qu'il faut reconnaître ; toi, tu ne risques rien que ce
qui couvre ton corps, un trou à ton habit, tout au
plus, ce qui regarde surtout ton tailleur et ton hôte ;
peut-être encore ta liberté pour quelques mois, la
belle affaire ! tu travailleras ta théologie en prison
mieux qu'à l'université, où tu ne la travailles pas
du tout !...

HERMANN.

Tu veux un coup de rapière pour demain ; il fallait le dire.

ROLLER.

Pour tout de suite !

Ils vont pour ramasser deux épées au tas d'armes.

FLAMING.

Un instant !... ceci ne doit servir à découdre que
des soldats royaux et des Philistins ! Tous les duels

sont remis à huit jours d'ici par ordre du comité
supérieur... mais les coups de poing ne sont pas dé-
fendus en attendant.

HERMANN.

Merci... nous attendrons.

FLAMING.

Enfants !... tenez, voici les hommes qui viennent !

Plusieurs gens masqués entrent et se mêlent à la foule ; le Veilleur leur fait
déposer les bûchettes à mesure.

HERMANN.

Ah ! moi, je n'aime pas les masques ; masque
d'ami, visage de traître : voilà mon opinion.

FLAMING.

Avec des fous comme ceux-là, on ne réussirait à
rien : niais ! tu ne comprends donc pas qu'il s'agit
ici d'une résolution grave, d'un jugement à mort,
et que, si nous ne réussissons pas, tous ceux qui seraient convaincus d'y avoir coopéré seraient traités
comme des assassins, décapités tous les dix-sept, jusqu'au dernier, tandis qu'ainsi le vengeur seul risque
sa vie.

HERMANN.

Moi, je n'aime pas à prévoir la défaite.

FLAMING.

En voici deux, puis trois, ils seront bientôt au complet; chacun donne en entrant la bûchette qui représente un des pays de l'Allemagne: en la reprenant dans l'urne, il prend le nom de la province qui lui écheoit, et le reçoit comme le sien pour tout le temps de la séance.

Entrent Léo et le Chevalier, qui vont se placer à part près d'un pilier, pendant que la salle continue à se remplir.

SCÈNE II.

Les mêmes, LÉO, LE CHEVALIER.

LE CHEVALIER.

Eh bien! monseigneur, ne comprenez-vous pas qu'il eût été insensé de vouloir faire entourer de troupes ce rendez-vous de conspirateurs! L'endroit est bien choisi, pardieu! En temps ordinaire, c'est la retraite des voleurs sans asile; aujourd'hui ils ont cédé la place; ils se sont envolés comme des hibous effrayés par la lumière... à moins, toutefois, qu'ils ne soient restés pour faire les honneurs du lieu à tous ces drôles! Je gage qu'il s'en cache plus d'un sous ces capes d'étudiants!

LÉO.

Quel singulier spectacle ! une conspiration sous ces voûtes humides , aux pieds de ces statues de chevaliers saxons ; sous ces colonnes lourdes, taillées du temps de Charlemagne...

LE CHEVALIER , montrant les piliers.

Pardon, c'est du pur byzantin ; cette architecture remonte au sixième siècle, les statues sont plus modernes...

LÉO.

Et c'est ici, monsieur l'antiquaire , qu'ils veulent tenir leur conseil suprême , leur tribunal , n'est-ce pas ?

LE CHEVALIER.

Oui, c'est ici ! Pardon... vous m'avez rappelé, par ce mot, aux délices de ma jeunesse ! C'est ainsi que je descendais, à la lueur des flambeaux , sous les voûtes d'Herculanum et d'Aquilée ; j'allais y chercher des urnes, des statues , des choses antiques, comme ces jeunes fous viennent y méditer des pensées d'un autre temps, des idées perdues !

LÉO.

En effet ! la liberté ne sort pas par ces voies ténébreuses : elle aime le plein jour, le grand soleil , et lève ses bras nus dans un ciel d'azur ! Toutefois, ce

spectacle m'émeut profondément : n'y a-t-il pas
dans ces ruines, dans ce mystère, dans cette réunion bizarre, quelque chose de saisissant pour tous
ces cœurs jeunes, une poésie qui enivre, qui égare.
Et, en passant à travers tout cela, n'est-on pas pris
de doute sur soi-même, comme Luther qui, entrant
un soir dans l'église de Wittemberg, douta de ses
propres idées, et se mit à prier jusqu'au matin, le
front dans la poussière, au pied des saintes images
que ses disciples avaient brisées !... Hélas ! monsieur, l'étude des systèmes m'avait conduit à la conviction, l'expérience des choses me rend au doute...
Je vous parle avec confiance, car vous risquez votre
vie avec moi, et quel que soit votre but caché, je
rends justice à votre courage. Mais cela ne vous
émeut-il pas vous-même, en effet ?

LE CHEVALIER.

Je n'ai pas les mêmes passions; ces idées me sont
étrangères! Il fut un temps où mon cœur bondissait
quand je retrouvais le sens perdu d'une inscription
effacée, le profil d'une médaille ou le bras d'un héros de marbre... J'étais heureux comme un enfant,
et mon âme s'épanouissait de joie !

LÉO.

Et aujourd'hui...

LE CHEVALIER.

J'ai longtemps vécu en France : là j'ai appris à rire de tout... et maintenant, je ne ris même plus; je méprise.

LÉO.

Je ne doute que de l'homme; mais vous, vous doutez de Dieu!

LE CHEVALIER.

Douter... c'est presque croire !

LÉO.

Silence !

UN HOMME MASQUÉ.

Frères! la nuit s'avance... le temps s'écoule... quelqu'un nous manque que nous ne pouvons plus attendre. Veilleur, combien comptez-vous de voyants?

LE VEILLEUR.

Seize.

L'HOMME MASQUÉ.

Le dix-septième est traître, prisonnier ou mort. Servants, faites retirer les plus jeunes, et que les voyants restent seuls ici; car la séance va s'ouvrir.

L'ordre s'exécute, il ne reste que seize hommes, tous masqués.

17

SCÈNE III.

LÉO , LE CHEVALIER , les Hommes masqués.

L'HOMME MASQUÉ.

Maintenant combien sommes-nous?

LE VEILLEUR.

Seize.

L'HOMME MASQUÉ.

Quinze de nous pourront seulement prendre part
à la délibération. Frères! n'oublions pas que de
même qu'au congrès, chaque ministre représente
un roi, de même ici chacun de nous représente un
peuple; le premier sorti présidera le tribunal.

LE VEILLEUR , tirant une bûchette de l'urne.

Autriche.

UN VOYANT.

C'est moi.

Il prend place.

UN AUTRE.

Ici, comme à la diète, il y a un sort sur ce nom-
là !

LÉO, bas.

Ah! ah! voilà que cela tourne à la parodie. Il était temps, je commençais à les prendre au sérieux.

LE CHEVALIER, de même.

Pour un diplomate, vous êtes bien ennemi des formes.

LÉO.

Surtout des mots.

LE CHEVALIER, haut.

Tire ton nom, frère.

LÉO.

Hanovre.

LE CHEVALIER.

Et moi, Luxembourg.

LÉO, bas.

Je rougis vraiment de jouer un rôle dans cette comédie d'enfants.

LE CHEVALIER, bas.

Votre excellence, qu'elle me permette de le lui dire, juge un peu trop en professeur. Vous vous trompez en croyant avoir affaire à des écoliers, et vous allez bientôt voir les actions prendre un aspect plus grave.

LE PRÉSIDENT.

Quel est le seizième?

UN VOYANT.

Wurtemberg.

LE PRÉSIDENT.

Il assistera à la séance sans voter, et priera Dieu en lui-même pour que son esprit nous éclaire... Quel est le nom resté dans l'urne?

LE VEILLEUR.

Holstein.

LE PRÉSIDENT.

C'est bien; prenez tous place et demeurez silencieux; nous devons recevoir un nouveau frère... Que ses parrains aillent le recevoir à la porte, et que les servants l'introduisent.

LÉO, bas.

Est-ce Waldeck?

LE CHEVALIER.

Oui.

LE PRÉSIDENT.

Silence!

Waldeck est introduit les yeux bandés.

SCÈNE IV.

LES MÊMES, WALDECK.

LE PRÉSIDENT, s'adressant d'un ton solennel au récipiendaire.

Frère, quelle heure est-il?

WALDECK.

L'heure où le maître veille et où l'esclave s'endort.

LE PRÉSIDENT.

Comptez-la.

WALDECK.

Je ne l'entends plus depuis qu'elle sonne pour le maître.

LE PRÉSIDENT.

Quand l'entendrez-vous?

WALDECK.

Quand elle aura réveillé l'esclave.

LE PRÉSIDENT.

Où est le maître?

WALDECK.

A table.

LE PRÉSIDENT.

Où est l'esclave ?

WALDECK.

A terre.

LE PRÉSIDENT.

Que boit le maître ?

WALDECK.

Du sang.

LE PRÉSIDENT.

Que boit l'esclave ?

WALDECK.

Ses larmes.

LE PRÉSIDENT.

Que ferez-vous de tous les deux ?

WALDECK.

Je mettrai l'esclave à table, et le maître à terre.

LE PRÉSIDENT.

Etes-vous maître ou bien esclave ?

WALDECK.

Ni l'un ni l'autre.

LE PRÉSIDENT.

Qu'êtes-vous donc ?

WALDECK.

Rien... mais j'aspire à devenir quelque chose.

LE PRÉSIDENT.

Quoi encore?

WALDECK.

Voyant.

LE PRÉSIDENT.

En savez-vous les fonctions?

WALDECK.

Je les apprends.

LE PRÉSIDENT.

Qui vous enseigne?

WALDECK.

Dieu et mon maître.

LE PRÉSIDENT.

Avez-vous des armes?

WALDECK.

J'ai cette corde et ce poignard.

LE PRÉSIDENT.

Qu'est-ce que cette corde?

WALDECK.

Le symbole de notre force et de notre union.

LE PRÉSIDENT.

Qu'êtes-vous selon ce symbole?

WALDECK.

Je suis l'un des fils de ce chanvre, que l'union a rapprochés et que la force a tordus.

LE PRÉSIDENT.

Pourquoi vous a-t-on donné la corde?

WALDECK.

Pour lier et pour étreindre.

LE PRÉSIDENT.

Pourquoi le poignard?

WALDECK.

Pour couper et pour désunir.

LE PRÉSIDENT.

Êtes-vous prêt à jurer que vous ferez usage du poignard ou de la corde contre tout condamné dont le nom sera inscrit au livre de sang?

WALDECK.

Oui.

LE PRÉSIDENT.

Jurez-le.

WALDECK, étendant les deux mains.

Je le jure !

LE PRÉSIDENT.

Vous dévouez-vous à la corde et au poignard vous-même, s'il vous arrivait de trahir le serment que vous venez de faire, sur ce livre d'une main, et sur l'Evangile de l'autre : sur le glaive et sur la croix !

WALDECK.

Je m'y dévoue.

En ce moment, on entend un grand bruit à la porte du fond , et comme un froissement de fer ; en même temps, quelques coups de tambour battant sourdement la charge, puis enfin des coups aux portes.

LÉO.

Quel est ce bruit ?

LE PRÉSIDENT.

Écoutez !

UN SERVANT, entrant.

Nous sommes perdus ! tout est découvert.

LE PRÉSIDENT.

Qu'y a-t-il ?

LE SERVANT.

Les soldats royaux qui frappent à la porte.

L'OFFICIÈR, dehors.

Au nom du prince ! ouvrez, ouvrez !

LE PRÉSIDENT.

Lâches sont ceux qui fuient ! nous mourrons en martyrs !

LÉO, bas.

Qu'est-ce que cela ? Le savez-vous, Paulus ? je n'ai donné aucun ordre.

LE CHEVALIER.

Silence ! c'est une épreuve !...

SCÈNE V.

LES MÊMES, UN OFFICIÈR, SOLDATS.

L'OFFICIÈR.

Au nom du prince, messieurs, vous êtes prisonniers.

LE PRÉSIDENT.

Soit... d'autres accompliront notre tâche.

L'OFFICIER.

Quel est celui que je vois un poignard à la main ?

LE PRÉSIDENT.

Un de nos frères !

L'OFFICIER.

Que voulait-il ?

LE PRÉSIDENT.

Ce que nous voulons tous : frapper au cœur la tyrannie !

L'OFFICIER.

Qu'il meure le premier, et comme un rebelle ; car il est pris les armes à la main.

LE PRÉSIDENT.

Il ne mourra pas seul ; car nous sommes tous ses complices.

L'OFFICIER.

Qu'il meure d'abord... Apprêtez les armes !

WALDECK, qui jusque-là est resté immobile, laissant tomber la corde
et le poignard, et allant vivement à l'Officier.

Arrêtez ! monsieur l'officier, prenez garde à ce que vous allez faire : je suis ici pour un dessein que je veux expliquer au prince...

L'OFFICIER.

Soldats...

WALDECK.

Je suis le comte de Waldeck, monsieur ; je vous demande à être conduit au prince, entendez-vous ?

L'OFFICIER.

Soldats...

WALDECK.

Monsieur, n'entendez-vous pas ce que je dis... vous répondrez de ce que vous allez faire !

L'OFFICIER.

Vous le voyez, vous êtes ici face à face avec la mort ; soyez donc franc. Êtes-vous fidèle au prince ? je vous conduis à lui... Êtes-vous fidèle à ces hommes ? vous allez mourir.

WALDECK.

Je suis fidèle au prince, monsieur ; fidèle aux lois : je n'avais d'autre intention que de pénétrer ce complot, de connaître les conspirateurs, et de tout découvrir ensuite.

Les deux parrains ramassent silencieusement, l'un la corde, l'autre le poignard, et s'approchent par derrière.

L'OFFICIER, se découvrant.

Frères ! cet homme vous a renié trois fois, il est à vous.

PREMIER PARRAIN, le frappant du poignard.

Voilà pour le lâche!

Waldeck pousse un cri.

UN AUTRE, l'étranglant.

Voilà pour le traître!

Waldeck pousse un second cri et tombe.

TOUS.

Vive l'Allemagne!

Les étudiants, qui étaient vêtus en soldats, se mêlent à cette acclamation, et serrent les mains de leurs camarades.

LE PRÉSIDENT.

Prions Dieu!

Tous s'agenouillent.

LE CHEVALIER, bas à Léo.

Vous voyez... c'était une épreuve.

LÉO, se levant.

De par le Ciel!...

LE CHEVALIER, bas.

Arrêtez!

LÉO.

Laissez-moi, cela ne peut se supporter.

LE CHEVALIER.

Vous allez nous perdre.

LÉO.

Un meurtre, monsieur, un meurtre devant moi!...

LE CHEVALIER.

Taisez-vous. Ici nous sommes égaux ; si vous dites un mot de plus , je vous livre.

LÉO.

Peu m'importe...

LE CHEVALIER.

Et le prince est perdu.

LÉO.

Le prince !...

LE CHEVALIER.

Je suis ici pour ou contre vous , à mon gré : silencieux, vous me trouverez fidèle ; imprudent, non-seulement je vous abandonne, mais encore je vous dénonce, et je déclare à tous que je vous ai attiré ici dans un piége. Ah! vous voyez bien que vous vous trompiez... ce ne sont point ici des jeux d'enfants!

LE PRÉSIDENT, enfonçant le poignard dans la table.

Devant ce poignard teint du sang du parjure, et devant la croix dont il est l'image... jurons qu'ainsi mourra tout transfuge et tout lâche ; et remercions le ciel de nous avoir permis de donner cet exemple.

TOUS.

Nous le jurons !

LE PRÉSIDENT.

Et maintenant, qu'on porte ce corps sanglant

au milieu des plus jeunes de nos frères, et qu'ils apprennent à leur tour comment la trahison est entrée ici, et comment elle en est sortie.

UN VOYANT.

Frères, la nuit s'avance, et nous avons encore beaucoup de choses à faire avant le jour; sous l'impression de ce grand exemple, jugeons des ennemis plus puissants et plus dignes de notre colère.

LE PRÉSIDENT.

Reprenons nos places. (*Profond silence.*) Vengeurs, quelle heure est-il?

L'ACCUSATEUR.

L'heure des confidences.

LE PRÉSIDENT.

Vengeurs, quel temps fait-il?

L'ACCUSATEUR.

Le temps est sombre.

LE PRÉSIDENT.

Vengeurs, où est le saint Wehmé?

L'ACCUSATEUR.

Mort en Westphalie, ressuscité ici.

LE PRÉSIDENT.

Quelle preuve avons-nous de sa résurrection?

L'ACCUSATEUR.

Napoléon abattu, l'Allemagne délivrée, les quatorze universités liées du même serment, des villes
révoltées, des traîtres punis...

LE PRÉSIDENT.

Frère, je te donne la parole pour accuser. Accuse, nous jugerons.

L'ACCUSATEUR.

Frères! En 1806, les princes d'Allemagne vinrent
à nous, et nous dirent : Peuples et noblesse, nous
avons un maître qui nous pèse, venez en aide à
notre puissance, et nous irons en aide à votre liberté. Un de nous fut choisi par le sort, et s'avança
contre Napoléon plein de bonne foi et de confiance,
comme David contre le géant; mais le jour de cet
homme n'était pas venu, et le sang de Frédéric
Staps devint le baptême de notre *Union de vertu*.
Quatre ans plus tard, les princes nous crièrent encore : Il est temps, levez-vous!... Toutes les épées
étaient aux mains du vainqueur; nous en fîmes
fabriquer d'autres avec le fer des charrues; mais
en commandant son épée, chacun de nous com-
manda un poignard du même fer à l'ouvrier qui la
forgeait. Les épées nous ont conduits jusqu'au cœur
de nos ennemis, et nous les avons frappés au cœur;

les poignards nous conduiront jusqu'aux cœurs de
nos maîtres, et nous les frapperons de même!...
Le moment est venu! A nos prières, à nos menaces, on a répondu par l'amende, par la prison,
par la mort! Hier encore, et c'est par toute l'Allemagne comme ici, les compagnons de la landwerth,
les braves de 1813, ont été dépouillés de leurs armes. Frères! on a brisé l'épée, mettons au jour le
poignard!...

TOUS, tirant leurs poignards.

Vive l'Allemagne!

L'ACCUSATEUR.

Je n'ai plus qu'un mot à vous dire : cette ordonnance émane du prince. J'accuse le prince de for-
faiture et de trahison.

LÉO, se levant.

Et moi je le défends, messieurs!

LE CHEVALIER, bas.

Dites *frères!* et déguisez votre voix, ou vous nous
perdez.

LE PRÉSIDENT.

Attendez. Le frère représentant le Hambourg n'a-
t-il rien à ajouter?

18

L'ACCUSATEUR.

Non. J'écoute.

LE PRÉSIDENT.

J'ouvre la bouche au frère représentant le Hanovre ; il peut parler.

LÉO.

Eh bien ! accusez les coupables selon vous, mais
les coupables seulement. Le prince ne vous a rien
juré, ni en 1806, ni en 1813; car ce n'était pas lui
qui régnait alors...

L'ACCUSATEUR.

Il a accepté le serment en acceptant la couronne.

LÉO.

Que lui reprochez-vous?... de ne pouvoir disposer
d'assez de millions d'hommes pour faire la loi aux
grandes puissances?... Il a accepté les arrêts de la
conférence; mais il a fait ses réserves en faveur de
nos libertés.

L'ACCUSATEUR.

Frère, tu oublies que nous sommes ici au-dessus
des fictions politiques et légales. Les princes de la
terre ne sont pas nos princes, à nous ! Pense à tes
serments.. Le prince perdra son trône, parce qu'il
n'y aura plus de trônes. Perdra-t-il en même temps
sa vie?... voilà la question.

UN VOYANT.

Le frère représentant le Hanovre a le droit de faire ses réserves en faveur des princes; car notre société admet les deux nuances d'opinion, qui reposent également sur le grand principe de l'unité germanique : la sainte fédération ou le saint empire. C'est une querelle à vider plus tard entre vainqueurs.

PLUSIEURS.

Oui ! oui !

LE PRÉSIDENT.

Poursuivez.

LÉO.

Donc je défends le prince, et j'en ai le droit !

L'ACCUSATEUR.

Alors, vous accusez le ministre. Deux noms sont au bas de cette ordonnance : Frédéric-Auguste et Léo Burckart.

LÉO.

Je dis que les résolutions ont été acceptées par l'envoyé plénipotentiaire avant que le prince les connût.

L'ACCUSATEUR.

Qui peut le savoir, si ce n'est un de leurs conseillers?

LE PRÉSIDENT.

Frère, tu t'oublies ! nul de nous n'a le droit d'interroger celui qui parle sous le masque.

LÉO.

Je dis que le ministre est le seul coupable ; et, s'il y a crime à vos yeux, sur mon honneur, c'est lui qui l'a commis ! c'est donc lui qui doit en répondre.

UN VOYANT.

Frères, c'est aussi mon avis. Le prince a montré en plusieurs circonstances le cœur d'un véritable Allemand. Il n'y a eu que faiblesse dans sa conduite ; dans celle du ministre, il y a eu trahison.

LÉO.

Trahison ?

LE CHEVALIER, bas.

Prenez garde !

LÉO.

Trahison !... Que vous a-t-il promis ?... A-t-il été des vôtres ? a-t-il juré votre fédération, prêché votre république ?... Lisez ses écrits, lisez ses livres... et posez ses actions d'aujourd'hui sur ses principes d'hier : les uns et les autres se répondront.

L'ACCUSATEUR.

Défendez-vous aussi le bras qui nous frappe, l'ennemi qui nous abat?

LÉO.

Je défends...

TOUS.

Assez, assez.

LE CHEVALIER, bas.

Silence!

LÉO.

On accuse mon honneur...

LE CHEVALIER.

Un mot de plus, et je vous arrache votre masque.

Tumulte au dehors.

LE PRÉSIDENT.

Qui ose troubler ainsi la séance du saint tribunal?...

La porte du fond s'ouvre; Frantz paraît et s'élance dans la salle. La porte
reste ouverte.

SCÈNE VI.

LES MÊMES, FRANTZ LEWALD.

LE PRÉSIDENT.

Veilleur, pourquoi laissez-vous passer?

LE VEILLEUR.

C'est un des voyants; il a le masque et la croix.

LE PRÉSIDENT.

Pourquoi entrez-vous, étant venu si tard, sans les formules exigées?

FRANTZ.

Frères, ce n'est pas le moment des cérémonies et des formules... Nous sommes vendus, trahis, livrés... Je n'ai pas besoin d'en dire plus; lisez :

Il remet les papiers trouvés chez Léo Burckart.

LÉO, au Chevalier.

Que veut dire cela?

LE CHEVALIER.

Cette fois, je n'en sais rien. Écoutons.

LE PRÉSIDENT.

Les papiers confiés à Diégo pour nos frères d'Heidelberg...

L'ACCUSATEUR.

Diégo serait-il un traître ?

UN VOYANT.

Diégo peut être en prison, Diégo peut être assassiné ; mais ce n'est pas un traître : je réponds de lui comme de moi.

LE CHEVALIER, bas.

Sur mon âme ! ce sont les papiers eux-mêmes ! Où les avez-vous donc laissés, monseigneur ?

LÉO.

Dans mon cabinet, sur mon bureau... Je n'y comprends rien... il faut qu'il y ait magie !

LE CHEVALIER.

Ou trahison.

LÉO.

Ils étaient peut-être expédiés en double.

LE PRÉSIDENT.

Et entre les mains de qui étaient ces papiers ?

FRANTZ.

Entre les mains du ministre.

TOUS.

Du ministre? de Léo Burckart !

FRANTZ.

Oui... ainsi, il sait nos noms, il connaît nos desseins.

LE CHEVALIER, bas.

Ce sont bien les mêmes.

L'ACCUSATEUR.

Et comment sont-ils tombés entre les tiennes?

FRANTZ.

Je ne puis le dire...

TOUS.

Parle! parle !

LE PRÉSIDENT.

Le frère a le droit de refuser toute explication à cet égard ; d'ailleurs elles seraient inutiles. Les papiers étaient entre les mains du ministre, donc le ministre sait tout; donc, nous sommes tous morts demain, s'il ne meurt cette nuit.

LE CHEVALIER, bas.

Entendez-vous?

TOUS.

Oui, oui, qu'il meure !

L'ACCUSATEUR.

Il n'y a pas un instant à perdre; nous n'a-
vons de temps ici ni pour l'accusation, ni pour
la défense. Que ceux qui sont pour la mort lèvent
la main !

PRESQUE TOUS, levant la main.

La mort! la mort!

LE PRÉSIDENT.

Il y a majorité. Veilleur, apportez l'urne, et met-
tez-y seize boules blanches et une boule noire; celui
qui tirera la boule noire sera l'élu. Vous en remet-
tez-vous au sort?

TOUS.

Oui, oui.

LE PRÉSIDENT.

Silence, frères !... Procédons par ordre, et avec
le calme et la dignité qu'exige une pareille résolution. Songeons qu'il y a de ce moment parmi nous
un vengeur ou un martyr. Chacun prendra son
rang selon la lettre alphabétique du pays qu'il représente.

TOUS, se rangeant.

Prusse, Bavière, Saxe, Hanovre, Wurtemberg,
Danemarck, Luxembourg, Brunswick, Nassau,
Meklembourg, Holstein, etc.

LE PRÉSIDENT.

Moi qui représente l'Autriche, je tire le premier. (*Il tire la boule, et la laisse tomber dans un plateau.*) Blanche.

UN VOYANT, s'approchant à son tour.

Bade. (*Il tire et laisse tomber la boule.*) Blanche.

HERMANN.

Bavière. (*Même jeu.*) Blanche.

UN AUTRE.

Brunswick. (*Même jeu.*) Blanche.

FRANTZ, s'approchant.

Danemarck... Noire!...

TOUS.

Noire!

LE PRÉSIDENT.

Vive l'Allemagne, frères! L'élu est nommé!...

FRANTZ, attéré.

O mon Dieu, mon Dieu!

UN VOYANT, à Frantz.

Frère! voilà le poignard.

UN AUTRE.

Frère, voilà la corde.

LE PRÉSIDENT.

Rappelle-toi ton serment sur le livre de sang et sur l'Évangile. Tu as douze heures pour l'accomplir.

FRANTZ.

C'est bien.

LE PRÉSIDENT.

Maintenant, tu sais le sort qui attend les lâches et les traîtres... C'en était un celui dont en passant tu as vu le cadavre.

On ouvre les portes; les étudiants non masqués entrent et se mêlent aux autres.

TOUS.

Vive l'Allemagne !

Frantz s'appuie contre la table; les jeunes gens défilent devant lui en agitant leurs mouchoirs, pendant que le greffier écrit le jugement.

FIN DU QUATRIÈME ACTE.

ACTE V.

ACTE V.

Même décoration qu'au troisième acte.

SCÈNE PREMIÈRE.

LÉO, LE CHEVALIER, rentrant et déposant leurs masques
et leurs manteaux.

LÉO.

Et vous me dites que vous connaissez la demeure
des chefs... de tous ceux qui étaient masqués?

LE CHEVALIER.

Et celle aussi de presque tous ceux qui ne l'étaient
pas. Beaucoup logent dans la campagne, chez des
paysans... d'anciens militaires. Les étudiants sont
presque tous logés dans les mêmes maisons; les
proscrits sont plus faciles encore à ressaisir : on en
prendra des centaines d'un coup de filet; car, comme
dit le vieux proverbe : « N'est pas bien échappé qui

traîne son lien!... » Quant aux députés des autres
centres de conspiration...

LÉO.

Assez... assez... vous feriez emprisonner une moitié de l'Allemagne par l'autre : vous étudiez profondément les complots, monsieur; et vous n'en perdez aucun fil. Je vais vous faire une seule demande
et une seule condition : il y avait avec nous quinze
hommes masqués...

LE CHEVALIER.

Oui.

LÉO.

Les connaissez-vous bien?

LE CHEVALIER.

Oui.

LÉO.

Quel est le nom de celui qui est venu apporter les
papiers... ces papiers qui m'ont été volés?...

LE CHEVALIER.

Je l'ignore.

LÉO.

Connaissez-vous celui qu'ils ont choisi pour être
mon assassin?

LE CHEVALIER.

C'était le même.

LÉO.

Vous en êtes sûr ; c'est quelque chose. Mais comment ignorez-vous son nom, les connaissant tous?

LE CHEVALIER.

Monseigneur, tous étaient masqués, drapés de manteaux, déguisant leurs voix, méconnaissables. Les précautions qu'ils prennent ne sont pas illusoires, et c'est à cela même que vous devez d'avoir pu assister à leur conseil. Je vous les livre tous les quinze. Votre voleur, votre assassin est là-dedans. Tous sont solidaires, tous seront punis de mort, si vous voulez.

LÉO.

Et vous pouvez me répondre de ceci : qu'avant le jour ils seront tous arrêtés?...

LE CHEVALIER.

J'en réponds.

LÉO.

Je vais vous donner l'ordre.

Il écrit.

19

LE CHEVALIER.

Bien. Je vois avec joie que votre excellence ne
ménage plus les ennemis de l'état.

LÉO.

C'est que ce ne sont plus des conspirateurs que
je poursuis, ce sont des assassins : toute ma vie,
monsieur, je verrai ce malheureux Waldeck frappé,
étranglé devant moi, sans que je pusse lui porter
secours...

LE CHEVALIER.

Et puis, ne serait-il pas insensé de risquer votre
vie, précieuse à l'état, à faire de la clémence ? Demain matin, vous viendrez reconnaître les quinze
têtes dont nous n'avons vu que les masques, et la
plus consternée sera assurément celle du *Vengeur*.

LÉO.

Quinze têtes ! jamais !... Il y avait dans tout cela
beaucoup d'égarement, de folie... Des fanatiques de
l'antiquité !... Je les fais arrêter parce qu'ils sont
dangereux, mais non pas seulement pour moi. Ils
seront jugés, condamnés à quelques années de séjour dans une forteresse. Ils le méritent... Un service, monsieur !...

LE CHEVALIER.

Parlez, monseigneur.

LÉO.

Je suis encore ministre, je puis rester ministre si
je veux ; mais, quoi que je fasse demain, ma signature de cette nuit est toujours une signature minis-
térielle. Voici un bon de 20,000 florins sur le tré-
sor : c'est une fortune. J'en devrai parler au prince ;
son consentement n'est pas douteux. Vous avez
rendu un immense service à l'état, quels qu'aient
été les moyens employés. Je vous **donne ce bon de**
20,000 florins.

LE CHEVALIER.

Quelle est la condition ?

LÉO.

La voici. Quand les arrestations seront faites,
vous aurez à faire, ainsi que moi, votre déclaration
ou procès-verbal au chef de la police du royaume
touchant les crimes ou projets dont vous avez connaissance...

LE CHEVALIER.

Oui, monseigneur.

LÉO.

Bien. Vous ne parlerez ni de ma présence à cette
réunion, ni du projet d'attentat, qui ne concerne
que moi.

LE CHEVALIER.

Monseigneur...

LÉO.

Vous ferez ainsi... ni des papiers surpris chez moi. Vous laisserez tomber tout ce côté de la conspiration.

LE CHEVALIER.

Vous le voulez...

LÉO.

Je pense avoir ce droit. Si le prince trouvait la somme trop forte, ce billet sera une traite sur ma propre fortune.

LE CHEVALIER.

Vous avez ma parole, monseigneur.

LÉO.

Je n'ai pas fini. Je vais rentrer dans l'obscurité, monsieur; mais un homme qui a passé par le ministère, et qui le quitte comme je le fais, est toujours un homme puissant. Un homme de cœur qui résout une chose, et qui la veut jusqu'à la mort, peut toujours tout sur un autre homme, qui n'est pas le dernier des lâches. Eh bien! souvenez-vous qu'aucun des conspirateurs qui n'étaient pas masqués ne doit être par vous reconnu, livré ni trahi. N'oubliez pas cela! ce n'est pas une condition de votre fortune, c'est une condition de votre vie ou de la mienne.

LE CHEVALIER.

C'est bien, vous pouvez compter sur moi. Je rends grâce à votre excellence, et j'accomplirai loyalement ses ordres.

Il salue et sort.

SCÈNE II.

LÉO SEUL.

Adieu, monsieur, adieu!... Voilà un homme qui ira loin. Et cependant il était arrivé à la moitié de sa vie sans avoir trouvé l'occasion de se mettre en lumière; il ne lui fallait qu'un tourbillon qui l'attirât dans un système! un homme de passage, qui le fît briller en s'éteignant!.. il l'a trouvé. Qui peut prévoir son avenir? Moi, je n'ai plus tant de courage. Voilà un cercle accompli, et peut-être n'aurai-je pas la volonté d'en recommencer un autre. J'ai détourné sur moi l'orage qui menaçait le prince; j'ai changé la direction des poignards : comme l'aimant, j'ai attiré le fer! Le prince n'a rien à me demander de

plus, et je ne veux rien lui accorder davantage. J'a-
bandonne tous mes rêves d'autrefois, et toutes mes
entreprises d'hier; je suis las de marcher toujours
entre des fous, des corrupteurs et des traîtres... Des
traîtres jusque dans ma maison!... (*Il se lève.*) Je
me croyais sûr de mes gens, d'anciens serviteurs de
ce bon professeur...

Il sonne.

SCÈNE III.

LÉO, UN DOMESTIQUE.

LÉO.

Personne n'est venu pendant mon absence?

LE DOMESTIQUE.

Non, monseigneur.

LÉO.

Vous n'avez vu aucun étranger?

LE DOMESTIQUE.

Non, monseigneur.

LÉO.

Vous n'avez point entendu de bruit?

LE DOMESTIQUE.

Non, monseigneur.

Il sort.

SCÈNE IV.

LÉO, MARGUERITE.

MARGUERITE.

Léo! et l'on ne m'a point avertie!...

LÉO.

Vous ne vous êtes pas couchée?

MARGUERITE.

Je veillais, je pleurais. J'ai cru qu'en rentrant vous viendriez d'abord chez moi... Oh! vous m'aviez dit que vous couriez un péril; j'ai prié Dieu.

LÉO.

Vous venez de votre oratoire?

MARGUERITE, à part.

Grand Dieu! (*Haut.*) Non.

LÉO.

En rentrant, j'ai trouvé ouverte la porte qui donne sur la galerie.

MARGUERITE.

Ah! vous avez remarqué...

LÉO.

Cette maison est isolée... trop grande pour le peu de domestiques que nous avons... Je crains qu'un homme ne se soit introduit ici.

MARGUERITE.

Dieu!

LÉO.

Et ne s'y puisse encore introduire.

MARGUERITE.

Oh! Ciel! pourquoi me dites-vous cela, Léo?... Je ne sais pas, j'ignore...

LÉO.

Vous n'avez rien entendu?

MARGUERITE.

Non...

LÉO.

C'est bizarre : j'avais là des papiers... très-impor-tants... ils étaient là, là, sur ce bureau, à cet en-droit, la lampe posée auprès. Ces papiers ont dis-paru... Êtes-vous sûre de tous nos domestiques? Vous les connaissez mieux que moi.

MARGUERITE.

Oh! oui.

LÉO.

On ne sait pas... Des papiers d'une certaine importance politique, cela peut valoir beaucoup d'or.

MARGUERITE, à part.

Oh! il ne sait rien. Non! cela ne peut être... (*Haut.*) Mon Dieu, je ne sais pas, moi, je ne crois pas. C'est donc un grand malheur que la perte de ces papiers. Peut-être sont-ils égarés;... moi-même, négligemment, j'aurai pu les déranger.

LÉO.

Non; ces papiers n'ont été perdus que pour moi! cette nuit, je les ai vus dans d'autres mains... dans les mains de mes ennemis, madame. Ce vol a un instant compromis ma vie. (*Marguerite fait un signe d'effroi.*) Rassurez-vous, rassure-toi, ma bonne Marguerite,... le péril est tout à fait passé. Je suis à toi, à toi pour toujours.

MARGUERITE.

Grand Dieu! mais tu ne m'as rien dit; tu ne m'as rien appris... Qu'as-tu fait cette nuit? quelle est cette mystérieuse expédition dont tout le monde parle et dont je ne sais rien, moi? Oh! tu me fais mourir.

LÉO.

Tu as lu, n'est-ce pas, dans les vieilles histoires d'Allemagne, des récits étranges d'hommes frappés par un tribunal invisible...

MARGUERITE.

Le Saint-Vehmé?

LÉO.

Oui, c'est cela.

MARGUERITE.

Ciel!

LÉO.

Des insensés tentent de le faire renaître.

MARGUERITE.

Grand Dieu! je comprends tout... il y a deux mois à peine, un écrivain politique a été frappé par eux, et toi-même... ah, Léo!... c'est le même sort qui te menace!

LÉO.

Rassure-toi... Marguerite...

MARGUERITE.

Oui, toi!... il y a des gens qui te calomnient, qui te haïssent... Aujourd'hui même un journal t'accusait de je ne sais quels crimes publics... Oh! je ne te quitte plus; tu ne sortiras pas, vois-tu, des

amis veilleront sur toi! Oh!... bien plus!... ne re-
çois personne... il en est qui se présentent dans les
maisons... qui demandent à voir, à remettre une
lettre... Tu obtiendras un congé du prince, n'est-
ce pas; nous fuirons d'ici bien accompagnés, loin
de ces terribles conspirateurs...

LÉO.

Enfant, c'est une petite lâcheté que tu me pro-
poses, avec tes douces craintes d'épouse; mais,
sois tranquille, puisque ton instinct bienveillant t'a
fait deviner ce que je voulais te cacher encore, apprends tout : cette nuit, un homme devait tenter
de me frapper.

MARGUERITE.

Quel homme?

LÉO.

Je l'ignore; il était masqué.

MARGUERITE.

Ah!

LÉO.

C'était celui-là même qui tenait dans ses mains
les papiers qui m'ont été dérobés dans la nuit!

MARGUERITE.

Ah! Léo...

LÉO.

Mais nos précautions sont prises; et, s'il trouve
encore moyen de s'introduire ici... j'ai là des armes...

MARGUERITE, tombant à genoux.

Léo! pardonne-moi! au nom du Ciel, je suis coupable! Ce que je suppose est effroyable, impossible,
sans doute... mais je vais t'avouer un crime... Je
suis une malheureuse... je t'ai trompé, je t'ai trahi!

LÉO.

Marguerite, cela n'est pas! non, tu es insensée!...

MARGUERITE.

Un homme est entré ici cette nuit.

LÉO.

Vous ne le disiez pas, madame!...

MARGUERITE.

Ah! je suis bien coupable! mais pas autant que
vous croyez.

LÉO.

Son nom?

MARGUERITE.

Mais il est incapable d'un crime!

LÉO.

Son nom ?

MARGUERITE.

Ce n'est pas lui, soyez-en sûr... car il faut tout vous dire, n'est-ce pas ?

LÉO.

Vous ne me direz pas son nom ? Tenez, peu m'importe à présent !... un homme m'a volé chez moi ; un homme entre chez moi comme il veut... Retirez-vous, madame ! que cet homme puisse approcher !...

MARGUERITE.

Ah ! monsieur ! je me disais coupable ; mais, si vous me comprenez ainsi, je vais vous jurer que je suis innocente... devant vous et devant Dieu.

LÉO.

Mais vous ne voulez pas répondre !... J'ai vu un masque, et non un visage... j'ai entendu parler mon assassin, mais je ne sais pas son nom ; il me l'apprendra sans doute en me frappant !... Qu'importe cela ? (*Il se promène.*) Faites-moi l'histoire de votre liaison avec cet homme ; un charmant jeune homme, n'est-ce pas ?...

MARGUERITE.

Léo, mon Dieu !

LÉO.

Vous n'êtes pas coupable... vous vous aimiez pla-
toniquement... des vers, des billets, quelques phrases... un baiser bien fraternel! c'est tout, n'est-ce
pas? Oh! ce n'est rien!

MARGUERITE.

Assez, vous me tuez! Léo, ma tête s'égare! Je
vais faire une chose odieuse, peut-être! mais je vous
aime... oh! oui, je suis toujours votre femme pure
et fidèle. Léo! l'homme qui est entré ici... c'était
M. Frantz Lewald...

LÉO.

Je m'en doutais; ce Frantz s'est battu pour vous;
il a été blessé pour vous... dans ce duel... où j'ai
fait, moi, arrêter votre champion...

MARGUERITE.

Vous savez?...

LÉO.

Tout! une blessure, c'est intéressant, je con-
çois...

MARGUERITE.

Léo! plus un mot de cette affreuse raillerie, ou
je meurs à vos yeux. Je vous parle fièrement, à
présent!... Ecoutez-moi; depuis ce duel, j'ai revu

M. Frantz, pour la première fois, à ce bal de la
cour, où vous étiez... J'avais le cœur brisé de
votre oubli, saignant de votre indifférence! Il m'a
avoué, je crois, qu'il m'aimait; je n'ai pas bien entendu; je ne sais ce que je lui ai dit... vous m'aviez
blessée... je l'ai plaint, je crois... Frantz, un ancien
ami... il courait à la mort; il m'a demandé une dernière entrevue dans mon oratoire, devant Dieu!
Je pressentais un grand danger pour lui... comme
pour vous... il devait m'expliquer tout...

LÉO.

Eh bien! vous l'avez vu.

MARGUERITE.

Un instant; vous veniez de partir... il m'a dit
deux mots qui m'ont froissée. Oh! que je vous aimais en ce moment; allez, mes pleurs étaient sin-
cères. Il a fui, je n'ai pas compris... en me criant
qu'il allait revenir.

LÉO.

Cette nuit?

MARGUERITE.

Oui, je crois... Léo! je ne vous quitte pas... mais
ne craignez rien... cela, c'est impossible.

LÉO.

Qui vous dit que je craigne?... C'est bien... je

crois tout ce que vous me dites, c'est bien; je vous
demande pardon de vous avoir si mal jugée... Non,
il n'y a nul danger; et puis, croyez-vous que je ne
défendrais pas ma vie?... si; je vous aime assez
pour cela... Non, M. Lewald n'est pas celui que
nous soupçonnons... toutes ces coïncidences sont
des hasards... rentrez... laissez-moi... tout est bien
fermé; et puis, je vous le dis, j'ai des armes.

MARGUERITE.

Je veux rester!

LÉO.

Qui vous retient?

MARGUERITE, avec effusion.

Une insurmontable terreur!

LÉO.

Rentrez chez vous... Ah! tu es pâle, tu chancè-
les... Pauvre femme! je t'ai bien fait du mal,
j'ai été cruel. Tiens, tu te défendais, et j'étais le
coupable!... Si longtemps seule... jamais un mot
du cœur... sombre, préoccupé, je te cachais par-
fois ma présence ou mon retour... Oh! pardonne-
moi, pauvre affligée, tout cela va changer...

MARGUERITE.

Léo!... tenez, je tremble. Cette politique qui vous
éloignait de moi...

LÉO.

Eh bien!...

MARGUERITE.

Me fait peur aussi dans un autre.

LÉO.

Lewald...

MARGUERITE.

Je détournais vos soupçons tout à l'heure... mais tout pour vous, pour votre sûreté!... Ce fanatisme terrible de liberté égare les plus nobles âmes... Tenez, c'est lui, croyez-moi; je n'en doute plus! je l'ai vu ici même; il avait les papiers déjà, il m'a crié qu'il reviendrait; il va revenir. Appelez vos gens... ou je le fais moi-même.

LÉO.

N'appelez personne!

MARGUERITE.

Oh! tout cela est terrible, infâme, et j'ai peur de perdre ma raison... Je ne vous ai donc pas tout dit?... Il est venu; je lui ai donné les moyens d'entrer... dans la maison, dans l'oratoire; il a une clef, il est peut-être ici déjà... Oh! je crois entendre des pas dans cette longue galerie qui vient de l'oratoire ici...

20

LÉO.

Sortez ; je veux que vous sortiez !... Terreurs de
femme ! Il ne reviendra pas , il est arrêté... arrêté,
vous dis-je, j'en suis sûr...

MARGUERITE.

Non, je resterai là...

LÉO.

Allons ! j'ai besoin d'être seul... laisse-moi seul,
je le veux.

MARGUERITE.

Mon Dieu ! mon Dieu !

LÉO.

Je t'en prie.

MARGUERITE, fermant la porte qui donne sur la galerie.

Tiens cette porte fermée, n'est-ce pas... (*Allant au
fond.*) Karl dort par ici...

LÉO.

Bien, bien... rentre chez toi. (*Il l'embrasse et la
pousse doucement. Revenant après avoir fermé la porte.*)
Des pas !... oui, des pas... je les ai bien entendus,
moi... elle était trop émue pour les distinguer.....
J'entends encore... il s'approche... Il hésite... Allons donc ! (*Il ouvre.*) Entrez, monsieur, entrez, je
vous attends.

SCÈNE V.

LÉO, FRANTZ.

FRANTZ, pâle et s'appuyant sur la muraille.

Que veut dire cela?

LÉO.

Cela veut dire, monsieur, que je vais vous épar-
gner tout préambule. Vous avez ici un jugement et
un poignard : ce jugement me condamne à mort,
et ce poignard vous a été donné pour me frapper.
Cela veut dire que je pouvais vous faire arrêter,
monsieur, mais que j'ai été curieux de savoir comment un homme habitué à manier une épée s'y
prendrait pour frapper avec un couteau... Ah! ne
craignez rien... entrez hardiment... je n'ai pas d'armes, moi.

FRANTZ.

Vous êtes bien instruit, monsieur... Oui, j'ai là
un jugement, oui, j'ai là un poignard ; mais je ne
compte ici ni me servir de l'un ni invoquer l'autre.
Aux gémissements de l'Allemagne que vous avez
frappée, ses fils se sont rassemblés ; leur tribunal
vous a condamné, et c'est moi que le sort a choisi

pour exécuter l'arrêt. On m'a remis le jugement,
on m'a remis le poignard... je les ai pris pour remplir une vaine formalité; mais, pourvu que j'ac-
complisse ma mission, peu importe de quelle manière... J'ai pris d'autres armes... et les voilà.
C'est un duel que je suis venu vous proposer... un
duel à mort, c'est vrai, mais un duel loyal, dans
lequel vous pouvez me tuer, si vous avez la main
plus sûre et plus heureuse que la mienne...

LÉO.

Avez-vous prévu le cas où je refuserais?

FRANTZ,

Oui, monsieur.

LÉO.

Et que devez-vous faire alors?

FRANTZ.

Quelque résolution qu'il ait prise, il y a des
moyens de forcer un homme à se battre.

LÉO.

Même quand cet homme n'a qu'à étendre la main
pour vous faire arrêter.

FRANTZ.

Si cet homme manque à la loyauté dont je lui

donne l'exemple, alors il me dégage de tout devoir envers lui.

LÉO.

Et alors?

FRANTZ.

Et alors, monsieur... eh bien! c'est encore un duel, et un duel pour lequel il faut plus de courage que pour tout autre, croyez-moi; car, si l'on a devant soi un homme sans armes... on a derrière soi le bourreau, qui est armé!

LÉO.

Eh bien! moi, monsieur, je ne vous ferai pas arrêter, et je ne me battrai pas avec vous... Je ne vous ferai pas arrêter, parce que j'ai contre vous des motifs de haine personnelle... et je ne me battrai pas avec vous, parce que je ne me bats pas avec un homme qui est sorti d'ici comme un voleur, et qui y rentre comme un assassin!

FRANTZ.

Monsieur! je vous ai dit que j'avais toujours un moyen de vous forcer à vous battre... eh bien! que ce ne soit plus un duel entre conspirateur et un homme d'état: un homme d'état ne se bat pas, je le sais... et la preuve, c'est qu'un jour la femme

d'un de ces hommes a été insultée, et que je me suis
battu pour elle.

LÉO.

Vous voulez dire que je vous redois un duel...

FRANTZ.

A peu près.

LÉO.

C'est juste; demain à midi, monsieur, je suis à
vos ordres.

FRANTZ.

Non; maintenant...

LÉO.

Je choisis l'heure et je suis dans mon droit... d'ici
là, je ne m'appartiens pas, monsieur.

FRANTZ.

Vous voulez dire qu'il vous faut tout ce temps
pour faire arrêter mes amis, pour vendre notre vie
à vos confrères de Carlsbad... non! tout s'achèvera
ici... voici un pistolet. tenez.

LÉO.

Nous sommes seuls... ce n'est pas un duel, cela.

FRANTZ.

C'est un combat!... Moi, pour mon parti, vous,
pour le vôtre!

LÉO.

A demain! monsieur.

FRANTZ, avec violence.

Monsieur Léo Burckart! vous voulez que je vous
insulte; d'abord, soyez tranquille, nous ne sorti-
rons pas d'ici... vous ne donnerez pas d'ordres; et,
s'il entre quelqu'un, je vous tue, malgré vos airs de
grandeur; vous comprenez que je suis déshonoré,
si je reparais devant mes frères sans les avoir déli-
vrés de vous... Rien ne doit donc me coûter, monsieur: Je suis déjà venu ici ce soir, j'y devais revenir
encore, non pour vous, mais pour votre femme;
je l'aime, votre femme!... et c'est une clef qu'elle
m'a donnée, qui m'a ouvert votre maison!

LÉO, s'élançant.

Oh! nous n'avons plus qu'un pistolet, monsieur;
mais, tenez, j'ai là deux épées...

SCÈNE VI.

LES MÊMES, MARGUERITE.

MARGUERITE, entrant par la porte du fond.

Vous dites là des choses indignes, monsieur
Frantz!... Je vous écoutais, j'attendais cela: vous

trompez mon mari, monsieur; vous vous vantez!...
vous me déshonorez sans fruit, il ne vous croira
pas! Je vous avais accordé un entretien comme
ami, non comme amant!... j'ai eu quelque pitié
pour vous, non de l'amour!... vous vous êtes abusé
bien tristement. Mon mari sait tout, je lui ai tout
dit. Sortez donc, vous n'avez pas le droit d'être
ici... Allez attendre à la porte, au coin d'une rue,
celui que vous avez mission d'assassiner !

LÉO.

Tu es une noble et digne femme !

MARGUERITE.

Votre femme, c'est le titre qui m'est le plus cher.

FRANTZ, reculant et balbutiant.

Madame!... vous me jugez mal... madame, je
voudrais vous dire...

LÉO.

Abrégeons. Demain, à midi, je n'appartiens
plus à l'état... Vous pensiez sauver vos amis en
m'arrêtant par un duel; vous vous trompez (*montrant une pendule*), à l'heure qu'il est, ceux que vous
appelez vos frères sont arrêtés, non comme conspirateurs, mais comme assassins du comte de Waldeck. Je puis témoigner que vous n'avez en rien
participé à ce meurtre effroyable, mais vous ferez

bien de vous éloigner au plus tôt ; voici un sauf-
conduit ; partez, quittez le royaume.

MARGUERITE.

Oui, partez, monsieur Frantz ; pardon, si dans
un premier mouvement, je vous ai offensé... Partez, oubliez tout ce qui s'est passé, comme on oublie un rêve terrible, et nous... Eh bien ! nous
conserverons de vous peut-être un bon et triste
souvenir...

FRANTZ.

Merci, Marguerite... votre main ?

MARGUERITE.

La voilà.

Frantz lui baise la main.

FRANTZ.

Adieu, adieu !

Il sort.

MARGUERITE, se rapprochant de son mari.

Oh ! mon ami... c'est un homme de cœur pourtant, et nous l'avons trop humilié...

On entend un coup de pistolet.

LÉO.

Tenez... le voilà qui se relève !

FIN.

APPENDICE.

LES UNIVERSITÉS D'ALLEMAGNE.

Les peuples les plus sages de l'antiquité et des temps modernes ont toujours consacré une attention spéciale à l'éducation, et ont donné le plus large développement à cette haute question d'intérêt social. Mais de nos jours, où la science n'a pas acquis la puissance de l'enseignement populaire, où les professeurs oublient pour la plupart leur mission sociale, la pédagogie s'est couverte de la poussière des écoles, et a pris les couleurs du ridicule et du pédantisme. Les Allemands sont nés pédagogues, quoiqu'ils aient abandonné pour le moment cette gloire et paraissent l'avoir léguée aux Français, qui savent très-bien apprécier et employer l'influence que les mœurs et la civilisation françaises exercent sur la culture intellectuelle des nations. Patience, persévérance, amour, austérité, fidélité ; en un mot, toutes les qualités nécessaires à une occupation si grave que celle de l'éducation, sont particulières au caractère allemand à un degré supérieur. La pédagogie est une science favorite des savants d'au-delà du Rhin ; les méthodes et les ouvrages d'éducation les plus célèbres proviennent des Allemands, et leurs écrivains les plus

illustres, tels que Herder, Fichte, Jean-Paul, ont voué leurs
méditations à ce sujet important, que Goëthe lui-même a daigné traiter dans son dernier roman.

En effet, l'occupation d'apprendre et d'enseigner, sèche
et prosaïque en elle-même, est entourée en Allemagne d'une
lueur poétique, qui brille également pour les basses et les
hautes classes de la société ; il n'y a que les pauvres paysans
qui ne participent point aux bienfaits d'une éducation particulière. Pour la bourgeoisie l'étude prend déjà une couleur
agréable ; les voyages obligatoires des ouvriers et les anciennes
coutumes du moyen âge sont les dédommagements heureux
mis par la Providence au début de la vie industrielle. Les
jouissances deviennent plus poétiques et plus nombreuses
pour les classes plus élevées, qui doivent leur éducation aux
universités. Il n'est pas pour l'Allemand de moment plus heureux que celui où, sortant de l'adolescence, il ouvre son
esprit et son âme aux premières impressions de la science et
de la vie d'étudiant, du *Burschenleben*, comme on dit là-bas,
dont les charmes enivrants gonflent le cœur de la jeunesse et
exaltent l'imagination du vieillard. La poésie, dont s'est re-
vêtue l'éducation des Allemands qui apprennent un métier
ou qui veulent entrer dans le service de l'état, a créé ainsi
deux espèces d'hommes, les compagnons et les étudiants,
qui renferment tout ce qu'il y a encore d'original dans la vie
germanique. Nous choisissons ici, pour caractériser les étudiants allemands, les traits qui nous ont le plus frappé et nous
semblent les plus dignes de la curiosité publique.

L'étudiant d'Allemagne (le *Student* ou plutôt le *Bursch*)
est un individu à part. Il réunit en lui les différentes phases
de la civilisation de tous les siècles qui se sont écoulés depuis
la fondation des universités jusqu'à nos jours. Le moyen âge
et le siècle de chevalerie lui ont légué l'esprit de caste et les

penchants pour les femmes, les armes, les chansons, les chiens
et les chevaux ; la réforme de Luther lui a appris la haine de
la discipline, l'étude de la théologie, le doute et le goût des
controverses ; les seizième et dix-septième siècles lui ont
légué la rudesse ; du dix-huitième il a pris les calembours
et la débauche ; avec la révolution française il s'est fait jaco-
bin et cordelier ; sous Napoléon il est devenu soldat brave et
glorieux ; pendant la restauration il s'est affilié aux associations secrètes, et s'est inféodé l'habitude de la pipe et de la
bière ; après la grande semaine de 1850 il a dirigé les émeutes et a fait la propagande des rues; actuellement il est muselé,
et ne ressemble pas mal aux héros du boulevard de Gand.

L'étudiant commence sa vie par la jouissance d'une liberté
illimitée qui le transporte. Dans les petites villes d'universités,
telles que Iéna, Gœttingue, Heidelberg, Halle, Erlangen, il est
roi absolu; la foule des philistins¹ rampe à ses pieds et se pros-
terne devant la majesté de son formidable nom. C'est lui qui
anime ces petites villes d'Allemagne, images vivantes de l'ennui
mortel ; c'est lui qui boit le vin de Champagne de ces hôtelle-
ries désertes, c'est lui qui fait des présents aux jolies filles des
bourgeois et leur apprend les manières de la bonne société.

Il va sans dire que l'étudiant allemand a un crédit immense
dans la ville et ses environs. Quand il reçoit, au commencement du mois ou du semestre, ses lettres de change, il jette
l'or à pleines mains, paie ses dettes, et dépense le reste avec
ses frères d'université dans ces banquets bruyants et affec-
tueux, où l'on chante à gorge déployée et où le vin coule à
flots. Le lendemain de l'orgie l'amphitryon n'a plus le sou; mais
qu'importe ! le propriétaire de la maison, le soi-disant *Haus-
philister*, doit lui faire *Pump,* c'est-à-dire lui donner à crédit

---

¹ Philistin ou Philister, synonyme de *bourgeois*, surtout dans l'acception
que nos artistes donnent à ce mot.

tout ce qu'il lui faut, du tabac, du café, de l'encre et du papier ; le maître d'hôtel, le *Kneipphilister*, lui fait crédit aussi longtemps qu'il lui plaira ; la blanchisseuse se laisse satisfaire par quelques mots flatteurs ; le tailleur et le bottier sont renvoyés au mois prochain avec des promesses ou des coups de cravache, car l'étudiant se fâche facilement, et s'empresse de mettre à la porte chaque créancier qui a l'impudence de lui présenter deux fois la note : il sait trop bien que ces gens, qu'il appelle *Trittphilister*, ne sont pas habitués à un meilleur traitement, et qu'ils ne peuvent aller porter plainte devant les tribunaux de la ville ; les lois universitaires défendent aux bourgeois de faire crédit aux jeunes gens. Aussi l'étudiant trouve toujours de quoi continuer sa vie insouciante. En conséquence il s'abandonne avec toute l'ardeur de la jeunesse à ses passions, à ses caprices : il fume, il boit, il monte à cheval, il donne l'aumône aux pauvres, il jette de la monnaie aux gamins et aux petites filles, auxquels il a donné les noms pittoresques de *Geyer* (vautours) et *Geyerweible* (petites maîtresses de vautours) ; il coudoie en passant les ouvriers, qu'il appelle *Knoten ;* il sort des salons resplendissants de richesses et de beautés pour aller entonner dans une guinguette sale ses joyeuses chansons, et il travaille à son heure, à sa guise, et goûte avec ses compagnons d'étude tous les plaisirs de la science et de l'amitié.

   Tous les étudiants allemands sont égaux. Le fils d'un comte oublie ses blasons et son château, et demande à être immatriculé dans une université pour s'enivrer avec le fils d'un corroyeur. Un tutoiement général ôte toute différence d'âge et de naissance, et répand ce ton audacieux et cette fierté d'esprit qui sont les traits caractéristiques d'un étudiant. C'est la seule époque de sa vie où l'Allemand renonce à ses idées étroites sur le respect dû aux princes et aux puissants de la terre. L'étudiant lui-même est le grand seigneur, exempt de toute contrainte et supérieur à tous. Dans les cieux il y a Dieu père, Dieu fils et le Saint-Esprit; viennent après les archanges, les anges, les têtes d'anges avec des ailes, les saints et les âmes pieuses. Selon les idées d'un étudiant allemand, le même ordre doit régner sur la terre : d'abord l'étudiant, l'étudiant encore et l'étudiant pour la troisième fois; ne se présente ensuite longtemps rien; suivent enfin les philistins, c'est-à-dire les rois, les princes du sang, la haute et basse noblesse, les bourgeois, les manants et la canaille.

En 1827, je me trouvai aux eaux de mer de Dobberan [1]. Un jour nous étions à table dans la grande salle des étrangers, où se réunit tous les ans une grande partie de la plus haute noblesse du nord de l'Allemagne. On comptait parmi les hôtes le prince régnant du pays, le grand-duc de Mecklenbourg-Schwerin. Au dessert, la conversation de la société prit tout d'un coup un ton plus franc et plus bruyant qu'à l'ordinaire, provoqué surtout par deux étudiants de Iéna, qui faisaient sauter les bouchons de Champagne vers le plafond de la salle, et amusaient par leur gaîté extraordinaire les nobles baigneurs. Une jeune fille vint chanter des chansons populaires, et les deux fils des Muses applaudissaient hautement la prima dona du carrefour. Lorsque la jolie musicienne fit le tour de la table pour recueillir les offrandes, elle présenta avec une révérence profonde son assiette au grand duc. Le prince se mit à rire. « Ce jeune homme là-bas, ma fille, dit-il à la chanteuse en lui signalant celui des deux étudiants qui était le plus gai, paiera pour moi. » La jeune fille présente son assiette au caissier indiqué par son altesse royale, qui sans hésiter tire sa bourse, et en jetant deux frédérics d'or à la musicienne : « Voilà, s'écrie-t-il, de l'or pour moi! » et en ajoutant deux

[1] Cette description des universités allemandes est de M. Kollot.

sous : « Voilà de la monnaie pour le grand-duc ! » Toute la
société fut stupéfaite ; mais par cette conduite l'étudiant gagna
les bonnes grâces du grand-duc et ses frais de voyage.

Il n'y a pas seulement pour l'étudiant allemand l'indépendance individuelle, mais la solidarité du compagnonnage.
Les étudiants forment entre eux comme un réseau de petites
républiques, qui ont leur discipline, leur hiérarchie, leurs
mœurs, leur argot et leur histoire intérieure. Les deux associations les plus répandues dans les universités d'Allemagne
sont les *Burchenschaften* et les *Landsmannschaften*. Ces dernières sont formées par les jeunes gens de la même province ;
aux premières sont admis les étudiants de toutes les parties
de l'Allemagne. Chacune de ces corporations a une *charte*,
qui indique le but et contient les lois de l'organisation intérieure. Tous les membres de l'université reconnaissent en
outre un code général, dit *Comment*, d'après lequel se règlent
les affaires des étudiants entre eux et avec les bourgeois, et
où se trouvent définies les lois sur le duel, valables pour tous
ceux qui veulent être regardés comme *Burschen*.

Les *Landsmanschaften* sont institués seulement dans un
but d'amusement et de défense communs. A la tête sont placés
un *sénieur*, un *consénieur* et deux *chargés d'affaires*. Tous
les étudiants honorent et respectent ces hauts dignitaires,
qui peuvent tenter plus que les autres ; ils sont ordinairement
les plus riches et les plus vaillants de la corporation ; ils dé-
pensent beaucoup et boivent encore plus ; ils sont les plus
forts à chercher des querelles et à blesser leur adversaire dans
un combat particulier ; en un mot, pour parler le langage
académique de l'Allamagne, ils *savent mordre dans quelque
chose* (*etwas herausbeissen*). Les grands dignitaires de toutes
les *Landsmannschaften* forment la *convention des sénieurs*
(*Seniorenconvent*), tribunal suprême, qui veille spécialement

sur l'honneur de toutes les associations et accommode leurs différends mutuels.

Les membres de ces sociétés d'étudiants, se sentant plus forts par le grand nombre, regardent d'un air hautain tous ceux qui ne font partie d'aucune association : ils donnent à ces derniers les jolis noms de *Kameele* (chameaux) et de *Finken* (pinsons) ; ils les appellent également, avec moins de décence que de vérité, *Nachttopfe* (pots de chambre) et *Nachstühle* (chaises percées). Il n'est point permis aux écoliers de collége, aux *Froschen* (grenouillles), de prendre part à la réunion des *Burschen*; l'honneur et l'orgueil académiques le défendent : il n'y a que les *Maulesel* (mulets) (on a appelé ainsi tous ceux qui, sortis du collége, ne sont pas encore immatriculés dans une université) ; il n'y a que les *Maulesel*, dis-je, qui sont assez heureux pour être reçus dans une société d'étudiants. Le *mulet* immatriculé devint *renard* (*Fuchs*), et choisit comme tel une association qui lui fasse l'honneur de le compter parmi ses membres. Après six mois le *renard* est déclaré *renard brûlé* (*Brandfuchs*), lequel grade lui est déféré dans une réunion solennelle, où il doit se soumettre à une foule de cérémonies, les unes plus bizarres que les autres, et où un étudiant, en costume de perruquier, frise ses cheveux. La seconde année de ses études le *renard brûlé* arrive au grade de *Jungbursch ;* au commencement de la troisième année le *Jungbursch* reçoit les titres d'*Altbursch*, d'*altes Haus* (vieille maison) ou de *bemoostes Haus* (maison moussue). Les autres années de ses études la *vieille maison moussue* s'appelle *renard d'or* (*Goldfuchs*), et, ayant dans sa poche les attestats des cours qu'il a suivis et de bonne conduite et d'application, il rentre dans ses foyers paternels, devient *Philister*, et tombe de toute la hauteur de ses dignités qui s'écroulent.

21

Voilà le cercle des transformations que le *Bursch* allemand est obligé de parcourir pour jouir de toute la somme de bonheur et d'émotions vives de la véritable vie d'étudiant. Cependant le début dans cette carrière n'est pas sans amertume. Le *Fuchs* n'est admis à tant de jouissances et de libertés qu'après un grand nombre d'épreuves ; il joue au milieu de ses confrères d'association le rôle du conscrit parmi les vieilles moustaches. La vie d'un étudiant allemand nouvellement débarqué dans une université n'est qu'une longue orgie. Dès la huitième heure du matin il sort de son logis pour se rendre avec ses amis dans un café-estaminet, où il boit et fume jusqu'au moment de suivre un cours de logique, qui se fait gratis ou se paie tout au plus dix francs. Cela est indispensable pour se conformer aux lois académiques et pour ne pas être relégué de l'université, *pigritiæ causa*, comme il se dit dans les certificats. Une heure avant le dîner est consacrée à l'escrime ; le *renard* comme il faut ne néglige jamais d'aller tous les jours à la salle d'armes publique. A midi un mauvais repas vient suspendre ses travaux de corps et d'esprit. Après le dîner il joue aux cartes, au billard ou se promène à cheval avec le sénieur, et après la cavalcade, dont il paie naturellement tous les frais, il rentre dans son estaminet, d'où il ne sort que pour se permettre avant le souper le plaisir d'une conversation graveleuse avec la demoiselle de comptoir d'une pâtisserie voisine. Après le souper il remplit son sac à tabac, et se hâte d'arriver le premier dans la grande salle de l'hôtel où se réunissent tous les soirs les membres de la même association. Chaque *Landsmannschaft* a loué une salle particulière, et l'hôtel où elle se trouve est connu sous le nom singulier de *Commerzhaus* (maison de commerce). Chaque association a son *Commerztag* régulier, diète d'ivrognerie officielle, où l'on doit s'enivrer en grand, tandis qu'on ne

fait chaque jour que s'enivrer en détail dans les cabarets protégés par les affiliés, et appelés *Exkneipen*.

Revenons au *renard*, pour lequel la soirée est encore un
moment de réjouissance et de fatigues. Là, au milieu de ses
confrères plus vieux, notre *renard*, content de lui-même et
de sa journée, est obligé de boire au moins six bouteilles de
bière et quatre petits verres. Toute les fois que le sénieur ou
une *maison moussue* l'invite à boire une certaine quantité de
bière, il faut qu'il se lève, ôte sa casquette, et porte en buvant
le toast de la corporation. Il est inutile de dire qu'il fournit
pendant toute la soirée du tabac aux *vieilles têtes* et qu'il fait
venir à minuit un bol de punch. Enfin, après des libations
abondantes, il va en chancelant chercher un sommeil qui
lui permette de recommencer le lendemain les joies et les peines de cette vie de *renard*.

Il se réveille le matin avec ce malaise moral et physique
que l'étudiant allemand caractérise si bien sous le nom de
Katzenjammer (misère des chats). Mais il n'a pas le temps
de faire de tristes réflexions : les jeunes *Burschen* sont déjà
là pour aller déjeuner avec lui.

La vie du *renard* s'agite ainsi pendant toute une année
dans la même sphère, c'est-à-dire celle des tavernes, de la
salle d'armes et de la place publique. Le costume du *renard*
est assez pittoresque. Il est vêtu d'un redingote à la polonaise :
il a la tête couverte d'une casquette aux couleurs de la *Landsmannschaft* dont il fait partie, et les pieds plongés dans de
grandes bottes éperonnées à la manière des postillons, et qui
ne ressemblent pas mal aux seaux dont se servent les pom-
piers allemands pour éteindre le feu. Le *renard*, en se pro-
menant dans les rues, siffle ou fredonne presque toujours l'air
d'une chanson d'étudiant ; il salue en passant toutes les bonnes
et toutes les jolies demoiselles de la ville, qu'il appelle les *Besen*

(balais); dans sa main droite il brandit une grosse canne fer-
rée, avec laquelle il frappe sans cesse le pavé pour en faire
sortir des étincelles ; sa main gauche est armée d'une longue
pipe , de laquelle descendent les houppes tricolores de son
pays; il est suivi d'un grand chien, qui s'appelle ordinairement Ajax ou Hannibal.

Il faut s'étonner de la persévérance du *renard*. Après avoir
subi les lois d'une association, sacrifié sa santé et son argent,
rempli avec exactitude toutes les formalités voulues, usé son
temps dans des pratiques ridicules (quand elles n'étaient rien
de pis), vécu dans la crapule et la grossièreté ; après avoir
appris à manier adroitement le fleuret, à *boire une belle main*
(*eine gute Handschrift zu saufen*), à mépriser souveraine-
ment les philistins, et n'avoir de rapport avec eux que pour
les battre ou en obtenir du crédit, le *renard* n'est pas encore
un membre d'association, un *Corpsburch ;* il n'est qu'un
Renonce , c'est-à-dire qu'il est placé sous la sauvegarde de la
société , mais qu'il renonce encore à certains droits et bienfaits de l'association, tels que porter un cartel à un adversaire , être élu sénieur, etc. En tout cas il est un *renard*
comme il faut, et le *Corpsbursch* conçoit les espérances les
plus fondées qu'il deviendra un jour un *flotter Bursch* (étudiant pur-sang). Une *vieille maison* le déclare son *Leibfuchs*
(renard favori), et le montre avec orgueil aux autres *renards* , qui lui répondent par une noble émulation ; combats
féconds en progrès pour l'art de boire, de ferrailler et de
boire encore.

Suivrons-nous aussi le *renard* sur le terrain, où il doit
paraître au moins trois fois par trimestre pour n'être pas accusé de lâcheté ? Assisterons-nous avec lui à ce festin appelé,
d'après son nom, *commerce de renards* (*Fuchscommerz*),
qui a lieu, avec la permission des autorités académiques, à

la rentrée des écoles? Les ordonnateurs de ces fêtes se font
traîner d'une extrémité de la ville à l'autre à grand renfort
de chevaux de poste. La nuit, ils se font ouvrir les portes de
la salle, où ils vont présider, en habits de cérémonie, une
fête nouvelle. La foule s'y installe; elle y plante la bannière
de souveraineté académique, et y règne. Arrière la froide
bière! arrière la querelle insipide! arrière la chanson populaire! Place, place au *commerce de renards!* il a son drame
à lui, l'orgie; sa chanson à lui, le *Landesvater.*

Il y a dans le *commerce de renards* une attitude particu-·
lière, qui rappelle le désordre de Shakespeare et les rêves
éveillés d'Hoffmann. Voyez le *Fuchscommerz* tourbillonner
comme un derviche en délire de dévotion; tantôt il se laisse
bercer aux modulations de la musique, tantôt il se déchaîne
en clameurs, tantôt il chante avec une surprenante harmonie.
La salle est un enfer: les murs s'animent au bruit de la chaude
conversation; les planches résonnent; les lustres tournent;
la fumée de tabac manque d'éteindre les lumières; les corps
se détendent par le grog; les convives soulèvent des torrents
de poussière et d'obscénités, et ne s'arrêtent que lorsque le
jour vient.

Le lendemain de cette nuit d'ivresse, le *renard* est jeune
Bursch, et devient comme tel le libre arbitre de son temps et
de ses dépenses: il peut initier à son tour les nouveaux *renards* dans les charmes secrets de la licence académique; car
le jeune *Bursch* travaille peu, boit beaucoup, se bat souvent
et suit rarement un cours public. Le vieux *Bursch* rentre
enfin en lui-même. « Je vais travailler comme un bœuf (*ich
wil ochsen*), » répond-il à ses frères, qui l'invitent à entonner avec eux leurs refrains en chœur; il les quitte à regret,
et va s'enfermer dans son cabinet, d'où il ne sort que pour
voir si les *renards* fréquentent avec ardeur la salle d'armes

et la maison de commerce. Un air grave et taciturne, une épaisse moustache et de larges cicatrices sont les traits distinctifs de la physionomie d'un étudiant *vieille maison;* il avale son *schoppen* de bière tout d'un trait, et fait le grognard envers les *renards*, auxquels il envie la gaieté folle et bruyante; il pense avec horreur à son examen qui s'approche, et devant lui apparaît dans toute sa laideur la vie du philistin, le *Philisterium*, qu'il ne regarde, pour citer *ipsissima verba*, que comme une longue *misère des chats*. Il y a cependant des *vieilles maisons* qui ne pensent guère à l'avenir, et continuent à mener le train des *renards* pendant toute la durée de leurs études. Le seul inconvénient de cette vie est que le jeune homme, après tant de jouissances et de liberté, trouve la carrière bourgeoise trop amère, et d'autant plus douloureuse qu'il n'y apporte ni connaissances, ni habitudes de travail, et se voit ainsi dans la triste nécessité de devoir sa place à la protection de ses parents, et de se faire le serviteur le plus obéissant du gouvernement.

On conçoit bien quelle influence ces associations d'étudiants doivent exercer sur les petites villes d'universités, sur leurs autorités et sur leurs habitants. Toutes les fois qu'elles croient flétri l'honneur académique, elles se lèvent comme un seul homme, et demandent satisfaction ou vengeance. Malheur au bourgeois qui se permet des injures envers un *Corpsbursch;* celui-ci va dénoncer le philistin insolent à la convention des séniurs, qui, après avoir entendu la défense du propriétaire accusé, prononce une déclaration de discrédit, le *Verruf*. Les locataires donnent congé, et si quelques *chameaux* osent rester à l'hôtel, on charivarise tous les soirs ces paisibles habitants. Le bourgeois, épouvanté et presque ruiné, car chaque locataire est libre de payer ses dettes à un philistin discrédité ou non; le bourgeois, dis-je, s'empresse de faire amende honorable devant la convention des sénieurs, et le discrédit est annulé.

A l'occasion de ces démêlés des étudiants et des bourgeois, les autorités académiques osent rarement employer les mesures de la police générale qui leur est confiée ; elles se contentent d'y envoyer deux agents de l'université, pour signaler au sénat les noms des principaux moteurs de troubles, auxquels on inflige ordinairement la peine de huit ou quinze jours de *Carcer*, prison académique, la plus innocente des prisons.

Quelquefois, quand les étudiants ne parviennent pas à imposer leur autorité au sénat académique, les affaires prennent un caractère sombre, riant et bizarre à la fois. La convention des sénieurs se rassemble en séance solennelle, et, après avoir frappé de discrédit l'université tout entière, elle avise aux moyens de mettre en œuvre le verdict. Vers les dix heures du soir une sourde agitation se fait sentir dans la ville : les philistins et les pinsons se demandent entre eux ce qu'il y aura ; ils n'y comprennent rien. A minuit un hurlement sauvage jette l'épouvante parmi les bourgeois et les professeurs. Le cri terrible de « *Burschen raus!* » (étudiants, sortez) retentit dans toutes les rues ; les réverbères tombent ; les habitants éteignent la lumière, à moins qu'ils ne veuillent avoir les fenêtres brisées ; les *pots de chambre* se cachent derrières les rideaux, et les *Burschen* s'arment de fleurets, de rapières, de grosses cannes surmontées de petites haches en fer, et se réunissent sur la place devant l'édifice de l'université, où se font les cours publics. Ici un délégué de la convention des sénieurs lit, à la lueur des torches et au milieu d'un profond silence, la sentence de discrédit, et invite tous les honorables citoyens académiques à quitter la ville, jusqu'à ce que la violation de l'honneur d'étudiants soit vengée.

Avec le lever du soleil le déménagement général commence. Cette émigration d'étudiants présente une image unique dans son genre, et rappelle la migration des peuplades germaniques, dont chacune y a envoyé ses représentants et ses couleurs nationales. Les uns sont en voiture ou à cheval; les autres marchent à pied. Le teint pâle, l'œil fatigué, la toilette en désordre, les fils d'Apollon s'acheminent lentement vers les campagnes, et répandent la terreur parmi la population villageoise. C'est une mêlée d'hommes, de chiens, d'armes, de pipes, de chevaux et de voitures. Les habitants de la ville, dont les étudiants font toute la richesse, s'empressent de suivre ce joyeux cortège; les décrotteurs, les soi-disant *Stiefelwichser*, espèce de *factotum* des étudiants allemands, les blanchisseuses, les tailleurs, les maîtres d'hôtel, s'efforcent d'atteindre les fuyards. Dans un village à quatre lieues de la ville on fait halte pour se récréer. La provision de pain, de beurre, de viande, de tabac, d'eau-de-vie et d'autres nécessités journalières est bien vite épuisée. Un sourd mécontentement se manifeste déjà parmi les émigrés, lorsque arrivent heureusement les professeurs pour parlementer. Le sénat académique promet par ses fondés de pouvoir une amnistie générale, un bill d'impunité pour tous; la convention des séniors lève le discrédit, et les émigrés rentrent dans la ville. C'est ainsi que se sont passées les émigrations d'étudiants de Gœttingue en 1823, de Halle en 1827, et de Heidelberg en 1850.

Il arrive même que les étudiants entreprennent le siège d'une ville entière. En 1851, ceux d'Iéna ont opéré la conquête de Blankenbourg, parce que le bourgmestre avait eu l'impudence de mettre à la porte deux étudiants ivres, qui troublaient par leur conduite un bal privé.

Un grand inconvénient de cette liberté académique est de

développer chez les Allemands l'amour de la bière : ils laissent
la politique se faire toute seule ou l'attendent à sa maturité,
et ne songent pour le moment qu'à jouir de tout ce que Dieu
a donné à l'homme sur la terre; ils aiment avant tout la bière,
la boisson de leurs aïeux. La bière est assurément une invention divine; mais l'étudiant d'Allemagne use et abuse au-
delà de toute satiété de ce don céleste. A Munich, j'ai connu
des jeunes gens qui buvaient pendant la soirée, *horribile dictu!*
une quinzaine de litres de bière. Dans quelques universités
il y a des soi-disant *Bierstaaten* (États de bière), où est élu
prince celui qui est le plus fort des buveurs. Les fameux
États de bière étaient, il y a quatre ans, ceux de Iéna et de
Halle. L'empereur de Zwætzen et le prince régnant de Pas-
sendorf avaient une cour complète et exerçaient un pouvoir
absolu. Chacun d'eux comptait une douzaine de titres et deux
cents sujets : ils subventionnaient une gazette de cour et un
historiographe de leurs exploits en fait de consommation de
bière; ils publiaient des ordonnances signées « Moi, le roi, »
distribuaient des croix d'honneur, imposaient à leurs sujets
des contributions de bière; en un mot, parodiaient d'une
manière aussi gaie que spirituelle les grandeurs humaines.
L'empereur de Zwætsen et le prince souverain de Passen-
dorf avaient conclu entre eux une alliance offensive et dé-
fensive. En 1831, les augustes familles se lièrent encore plus
intimement par le mariage du prince héréditaire de Passen-
dorf et de la princesse impériale, dont la dot fut donnée en
différentes sortes de bières étrangères. Ces deux puissants
monarques résidaient pendant l'hiver à la ville et pendant
l'été à la campagne. S'il arrivait que les caves de la monarchie fussent vides et celles de l'hôtellerie mal garnies, ses
majestés ordonnaient une croisade dans un pays inconnu
pour découvrir une bière meilleure, ou, pour parler comme

un étudiant, une *étoffe meilleure*. Dans ces occasions, la royauté fut ordinairement prise par un maître d'hôtel barbare, qui ne voulait guère donner crédit. Le monarque prisonnier expédia alors à la hâte des courriers, qui devaient faire appel à ses fidèles sujets restés en ville. Comme professeur des sciences inconnues et à découvrir, et comme humble vassal, j'ai déposé trois fois pendant une semaine aux marches du trône légitime le tribut de mes devoirs. Pour cela, il est vrai, j'avais le plaisir de faire sortir mon roi d'une captivité ignominieuse pour l'honneur national, et de le saluer à sa rentrée dans la ville, que faisait sa majesté assise sur un âne, et accompagnée des acclamations unanimes de la populace.

TABLE DES MATIÈRES.

AVIS

AUX DIRECTEURS DE PROVINCE.

MM. les Directeurs sont priés de s'adresser, pour la musique, à M. Clément, chef d'orchestre de la Porte-Saint-Martin ; et, pour les coupures et changements faits à la représentation, à M. Tricart, copiste du théâtre, rue de Bondy, n° 80, qui leur en fera parvenir la note détaillée.

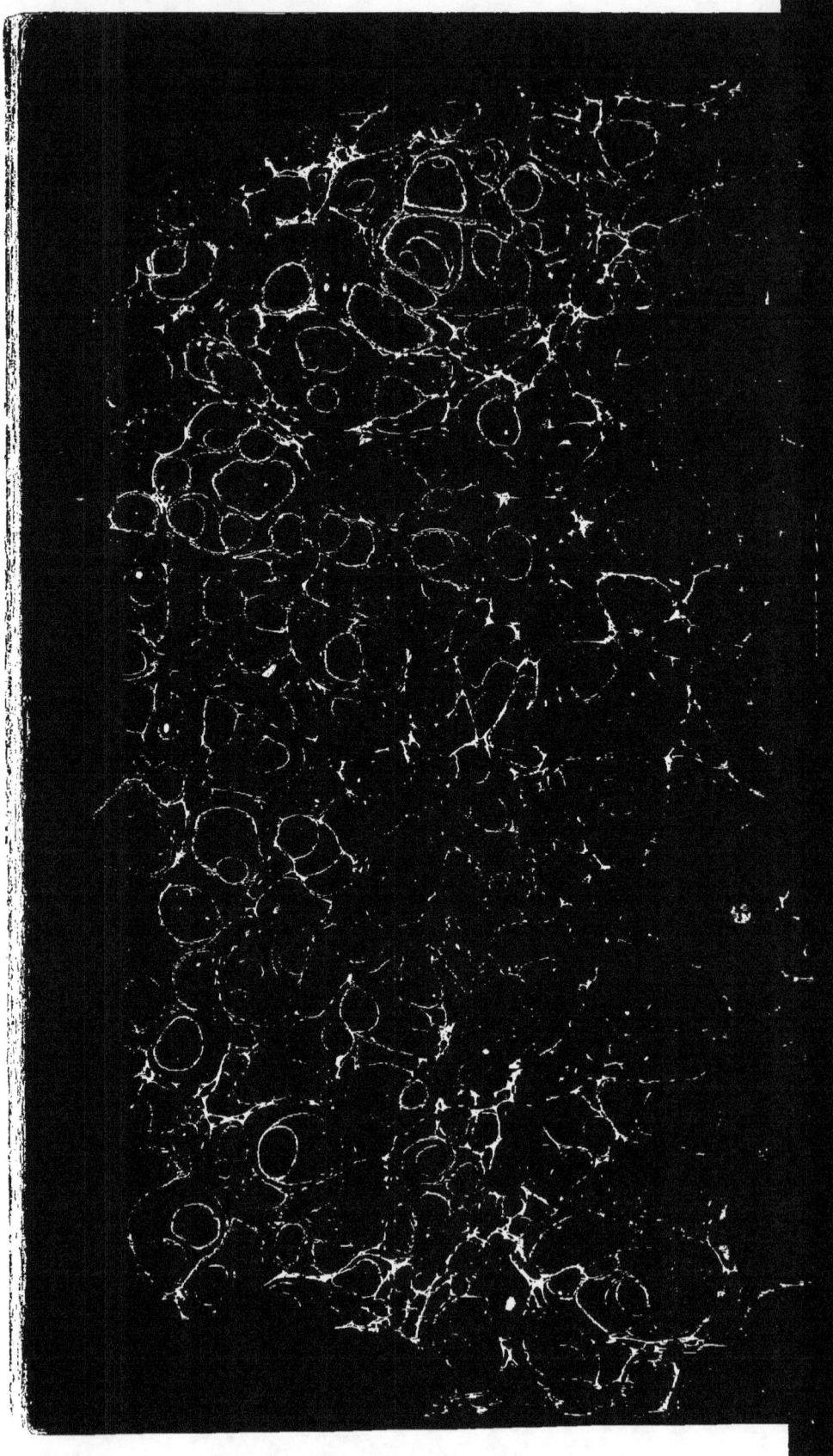

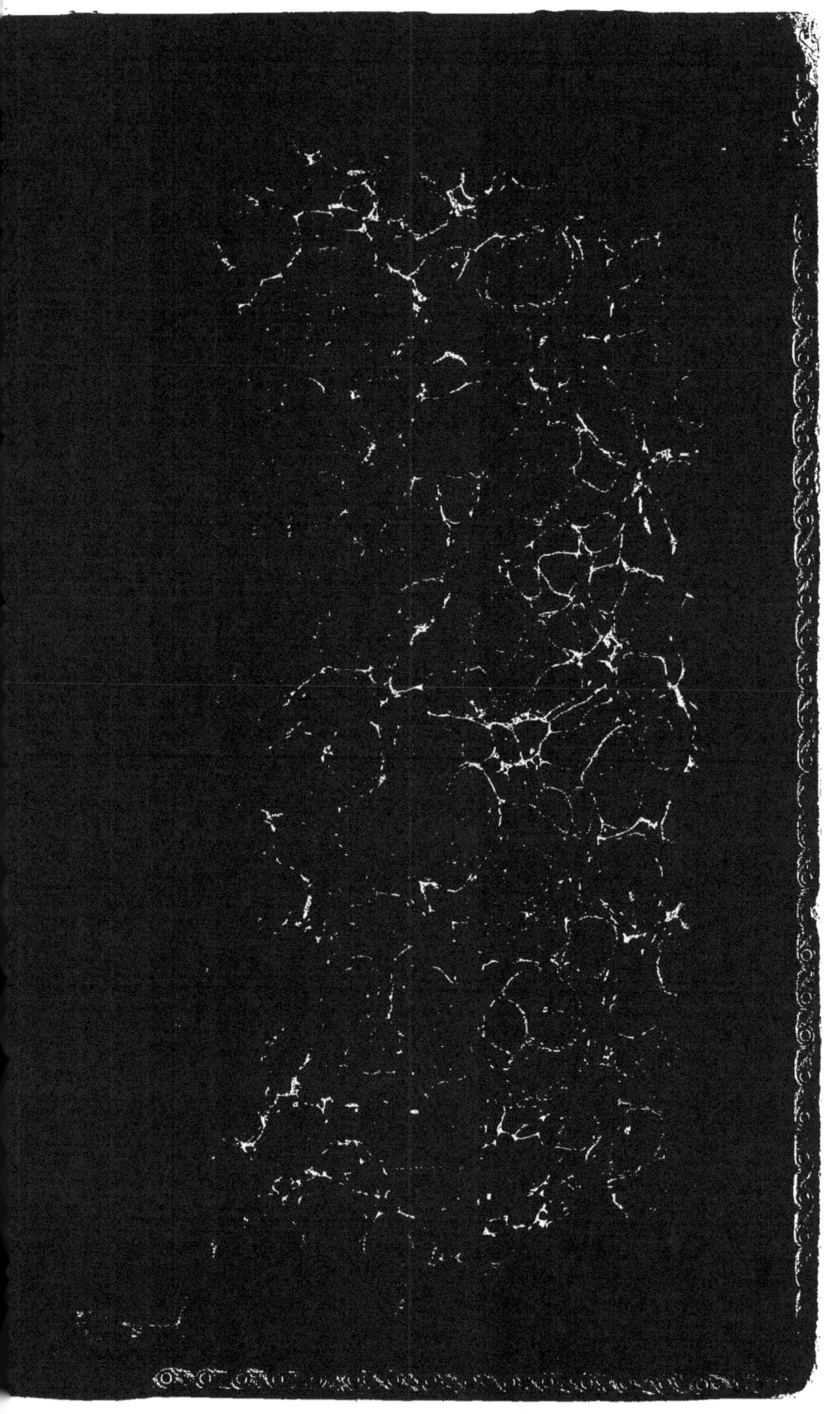

www.ingramcontent.com/pod-product-compliance
Lightning Source LLC
Chambersburg PA
CBHW070330030726
47505CB00004B/1152